감옥에 있는 당신을 상상해본 적은 한 번도 없습니다.

1979년 콜로라도에서 맞은 첫 번째 생일.

1996년 가족찾기 TV프로그램 출연시.

1982년 콜로라도에서 형제들과 함께(베이츠의 아이들).
좌측부터 작은 누나, 애런, 형, 가운데 큰 누나.

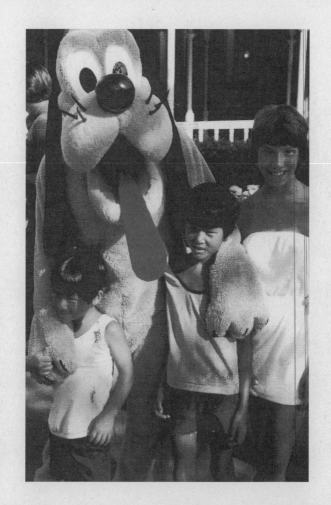

1982년 플로리다 디즈니랜드에서.
좌측 애런, 가운데 형, 우측 큰 누나.

1988년 미주리주 군사학교에 다닐 당시.

나의 아버지

나의 아버지

개정판 1쇄 인쇄 ┃ 2007년 8월 10일
개정판 1쇄 발행 ┃ 2007년 8월 15일

지은이 ┃ 애론 베이츠
펴낸이 ┃ 최영수
펴낸곳 ┃ 자유로운 상상

등록 ┃ 2002년 9월 11일(제13-786호)
주소 ┃ 서울시 서대문구 충정로 3가 3-95
전화 ┃ 02-392-1950   팩스 ┃ 02-363-1950
이메일 ┃ hks33@hanmail.net

ⓒ 애론 베이츠, 2007
값 8,500원
ISBN 978--90805-37-9 03810

나의 아버지

애런 베이츠 지음

젊은은상상

한 사람은 다른 사람의 일부다.
나 역시 많은 다른 사람들의 일부다.

저는 제 인생의 많은 것들에 대해 진심으로 감사하고 있습니다. 저는 참으로 특이하고도 축복받은 제 인생에 대해 할 말이 정말 많습니다. 하느님께서는 제게 이 모든 축복들을 허락해주셨습니다. 하느님께서 제게 내리신 축복은 제가 태어났을 때부터 시작되어 아직도 계속되고 있습니다. 감사할 사람들이 너무 많지만 제 인생에 큰 영향을 준 몇 사람들을 언급하고자 합니다.

먼저 책을 펴내 제 삶을 다른 사람들과 나누게 해 주신 출판사와 관계자 여러분께 감사드립니다. 그리고 저를 낳아주신 친어머니께도 진심으로 감사드립니다. 또 아들이 바라는 것은 뭐든지 다 해주신 정말 훌륭하고 사랑이 많으신 미국의 양부모님께도 깊이 감사드립니다. 이 책을 내는데 많은 도움을 주고 제 친구가 된 화정과 제 절친한 친구 소영에게도 감사합니다. 특히 소영이 없었다면 이 책은 존재하지 않았을 것입니다.

그리고 누구보다도, 신의 있으신 분이자 제게는 커다란 의미이신 저의 친아버지, 저는 아버지의 아들임을 정말 자랑스럽게 생각합니다. 아버지께서는 제 인생을 참되고 복되게 만드신 분입니다.

끝으로 하느님께 이 모든 영광을 돌립니다.

애런 베이츠

Life NEEDS to be appreciated and
I'm truly grateful for many things in my life.

I have so much to tell about my blessed and unique life. God has given me ALL the blessings. My blessing started from the day of my birth and it hasn't stopped! WAY to many thank you(s) that I need to say for those who have touched my life in some way!

My great thanks to a great and wonderful book company and it's great staff for allowing me to share my life! I would want to send my deepest thanks to biological mom for giving me birth! My wonderful, loving, Christian family here in America who has given everything a son would ever want! Hwa Jeong Lee who has abetted me with this book greatly and has become a friend to me! My dearest friend - Soh Young Kim. This book would truly not exist if it wasn't for Soh Young!

MOST of all to my father, a man of honor and great status to me who I am truly proud to be his son!! I LOVE YOU all very much and I thank you all VERY much! It is all of you who has made my life a great and rich story. Praise God!!!

Aaron Bates

차례

정지된 시간의 흔적으로나마
아버지께 내 생애를 드립니다…….

우물 속의 큰 물고기

어린 시절의 꿈속엔 우물이 있고,
그 속에 커다란 물고기가 있었네…….

누구나 어린 시절에 대한 기억은 봄날의 아지랑이처럼 아련하다. 현실인지 꿈인지 분간할 수 없는 시간의 안개 저편에 숨어 있는 여러 가지 추억들은 때론 따뜻하게 다가오기도 하고, 때로는 쓸쓸하게 스쳐 지나가기도 한다. 나의 어린 시절은 수수께끼에 둘러싸인 몇 조각의 퍼즐과 같다. 꿈속에서 가끔씩 나타나는 뜰과 벽, 선반 위에 있던 텔레비전 등은 내게는 궁금증으로, 어쩌면 약간은 두려운 진실로 느껴지곤 한다.

내 어린 시절은 마치 어느 폭풍 치는 날 회오리바람과 함께 날아가 버렸다고 이야기할 수밖에 없다. 정말이지 지우개로 싹싹 지운 것처럼 머릿속에서 사라져 버리고 말았다. 간혹 검은 무의식 저편을 건너 꿈속에서만 퍼즐 한 조각으로 등장하는 장면들은, 꿈에서 깨어나고 나면 그것마저 깨끗이 잊어야 할지, 아니면 그 조각조각들을 애써 맞춰 기어코 한 장의 그림으로 완성해야 할지 망설여질 정도였다. 나는 꿈에서 내 어린 시절을 만날 때 만큼 당황스러운 때가 없었다. 그것은 내 것이 아닌 남의 어린 시절처럼 낯설고 불안한 꿈이었다. 어느 날 '아버지'라는 이름이 나의 가슴에 신념처럼 새겨지기 전까지는 말이다.

아버지를 찾아야겠다고 생각한 순간 나는 그 퍼즐들을 꺼내 이리저리 맞추어 보아야만 했다. 애써 기억하려 해도 자꾸만 손가락 사이로 빠져나가는 그 기억들은 실제의 것인지 그저 환상일 뿐인지 분간이 되지 않았다. 하긴 이제 그것들을 잊을 만치 나이를 먹었기 때문이기도 하겠지만 말이다. 지금보다 훨씬 어렸을 적에는 꿈을 더 많이 꿨던 기억이 난다.

어렴풋한 꿈속의 기억에서 내가 살던 집 주변에는 집들이 직각을 이루면서 붙어 있었고, 나지막한 초록색의 언덕이 있었다. 그 언덕을 올라갔다가 굴러내려왔던 기억이 난다. 마치 만화의 한 장면처럼 몸을 둥글게 말아 공처럼 떼굴떼굴 굴러내려온 것만 같다. 하지만 실제로는 사람이 그런 식으로 언덕을 굴러내려올 수는 없을 것이다. 굴러내려왔다는 느낌은 그것이 무척 즐겁고 재미있었다는 감정과 연관이 되어 있을 것이다.

그 기억이 정확하다면 거기 있었던 여러 명의 아이들 중 내가 가장 나이가 많았던 것 같다. 나중에 보고 안 일이지만, 입양 서류에도 내 나이가 가장 많았다고 기록되어 있었다. 그것이 내가 광주 고아원에 대해 가진 유일한 기억의 한 조각이다.

다른 곳에 대한 기억도 있다. 두 짝으로 된 녹슨 구식 철문이 있고, 그 문 한쪽에 또 작은 문이 있어서 보통 때는 그 작은 문으로 들고나곤 했다. 두 짝의 문이 다 열렸던 기억은 없다. 녹슨 철문이었지만 쇠 장신구에 달린 형태의 조각처럼 장식이 되어 있었다.

내 기억 속에서 그 집은 어린아이들이 마분지로 조립하여 만드는 장난감 집처럼 사각형으로 되어 있었다. 물론 그 어린 시절에는 그 집을 마치 어른처럼 그렇게 전체적으로 조망할 수 없을 텐데도 내 기억 속에서 사각형으로 조합된 것은, 정말 기억의 마술이 아닐 수 없다. 나는 그 사각형의 오른쪽에 살고 있었다. 그 사각형의 안뜰에는 확 트인 네모난 공간이 있었는데, 거기에는 연못이 있었다. 정확히 말하자면 우물 같은 것이었다. 정말 꿈인지 생시인지 모르나 그 안에 큰 물고기가 있었다. 어린아이였던 내 몸집만큼이나 커다란 몸을 천천히 구부리며 유영하는 큰 물고기…… 회색 등줄기의 단단함 때문에 겁이 더럭 날 만큼 생생한 그 기억이 무엇을 의미하는지 모른다. 그것은 하나의 상징이나 예언 같은 것이었는지도 모른다.

그 집에 대해서는 지금도 많은 기억의 조각들을 가지고 있다. 꿈속에서 나타난 그 집에서 나는 마루 한구석에 누워 있었고, 아주 높은 곳에 있는 텔레비전을 보고 있었다. 실제로 그렇게 높은 곳에 텔레비전을 올려놓는 집은 거의 없을 텐데도 내 꿈속에서는 텔레비전이 마치 나무 위에 걸린 것처럼 높이 있었다. 내가 정말 어린아이였고 바닥에 누워 있었기 때문에 그렇게 느낀 것인지도 모른다. 내 주변에 있었던 다른 사람들도 기억난다. 물론 그들이 누군지는 모른다.

또 다른 꿈에서 본 어떤 여자는 마당에서 세수를 하는데, 물을 얼굴에 연거푸 끼얹으면서 '푸우우' 하는 소리를 냈다. 또 어딘가에 금붕어가 있었다. 금붕어가 어항에 담겨 햇빛을 받으면서 지느러미를 폴랑거렸는지, 마치 용궁 속의 집처럼 집 전체가 물속에 잠겨 방 여기저기로, 마당 구석구석으로 물풀 사이를 누비듯 그렇게 허공에 떠다녔는지는 알 수 없지만 어쨌든 꿈속에 나타난 집에서는 금붕어가 살아서 헤엄치며 돌아다녔다는 것만은 확신할 수 있다. 정말 불가사의한 꿈이 밤마다 계속되었다.

보다 확실한 꿈속의 기억은 누군가가 당근을 많이 먹었다는 것이다. 끊임없이 당근을 먹는 그 사람이 나였는지 다른 사람이었는지 전혀 모르겠지만, 어쨌든 당근은 금붕어처럼 명확히 기억 속에 있다. 또 누군지 모를 어떤 소녀가 당근을 갖고 있었던 기억도 난다. 당근을 떠올리면 내 얼굴 위로도 빙그레 웃음이 떠오른다. 지금도 내가 제일 좋아하는 채소가 당근이기 때문이다. 나는 정말로 토끼처럼 당근을 좋아한다. 기억 속에서 내가 어떤 여자아이에게 당근을 줬던 것 같다. 그 전에 무슨 좋지 않은 일이 있었기 때문에 당근으로 그 여자아이를 달래기 위해서였다. 아마 아이들이 흔히 그렇듯 다퉜다든가 하는 이유일 것이다. 어쨌든 내가 당근을 가져다가 여자아이에게 준 꿈은 비교적 생생하다.

역시 나중에 안 일이지만 그 사각형의 집은 내가 9개월 동안 살았던 위탁가정이었다. 9개월이 지난 후에 나는, 금붕어와 당근과 우물 속의 큰 물고기와 세수하면서 '푸우우' 소리를 내는 여자가 있는 사각형의 집을 떠나 어디론가 떠났다. 아마 공항에 가기 위해 집을 나선 것 같다. 나는 그 낡은 초록색 철문을 통과해야 했다. 말 그대로 그 문은 새로운 세계로 가기 위해 통과해야 하는 거대한 문이었다. 문을 나선 후에는 차를 타야 했다. 차를 타러 가면서 뒤돌아본 집은 담벼락이 무척 높이 솟아 있었다. 하늘을 반으로 가를 듯이 솟아오른 담벼락은 누구도 뛰어넘을 수 없을 만큼 웅장하고 단단하게 버티고 서 있었다. 나는 계속 주변을 돌아보았다. 세상 모든 것이 담벼락으로 둘러싸여 있었고 나는 두려움을 느꼈던 것 같다. 내 옆에 있던 사람이 누구였는지 정확히 모르지만 아마 내가 그 당시 어머니라고 불렀던 위탁모였을 것이다. 나는 그분의 손을 잡고 그 얼굴을 뚫어지도록 쳐다보다가 또 오른쪽으로 고개를 돌려 날카롭고 단단하게 서 있는 허공의 벽을 쳐다보곤 하였다.

그러다 갑자기 담장이 사라지고 큰 소리가 들렸다. 아마 그때 처음으로 차를 본 것 같다. 차들이 수없이 오가고 있었다. 나는 생전 처음 보는 광경에 소리를 질렀다. 정말 입밖으로 소리 내어 비명을 질렀는지 마음 속 동굴에서만 울렸는지는 모른다. 내가 그때까지 바깥 구경을 잘 하지 못하고 집 안에서만 지냈는지 어땠는지는 기억이 안 나니 알 도리가 없다. 어쨌든 내가 차를 본 건 그때가 처음이었다.

내가 기억할 수 있는 건 그게 전부다. 그 기억에 대해 후에 만난 양어머니(위탁모)와 할머니(고아원 원장님)께 이야기했더니 두 분의 눈에는 붉은 핏줄이 돋았고, 곧 뺨으로 눈물이 흘러내렸다. 내가 기억하고 있는 것이 꿈이 아니었던 것이다. 물론 내게는 이십 년이 넘도록 꿈이었지만, 실제로 그것은 꿈이 아니라 현실이었다. 현실을 꿈으로 느끼고 살아온 내 어린 시절이 서서히 숨을 쉬기 시작하였다. 그것은 모르고 살아온 내 존재의 실체를 알게 해주고 일깨워줄 아름다운 진실일까, 아니면 오히려 내가 나라고 믿고 살아온 내 생을 뒤집어엎고 도리어 알고 싶지 않은 어두운 나를 끄집어내어 현재의 나를 산산조각내버릴 괴물 같은 것일까. 두렵고도 가슴 뛰는 일의 전조처럼 눈물방울은 긴 자국을 남기며 흩어지고 있었다.

나는 기억나는 또 다른 퍼즐 조각을 차마 눈물을 멈추지 못하는 양어머니께는 꺼내 보여드릴 수가 없었다. 그것은 누군가가 바닥에 누워서 머리를 외로 꼬고 있었다는 것이다. 분명히 내가 그런 것은 아닌데, 누군가가 그렇게 자꾸만 머리를 뒤채고 있었다. 그 기억은 광주 고아원을 찾아보고 나서야 분명해졌다. 나는 광주 고아원에서 정신지체자들과 함께 지냈던 것이다. 흔히 정신지체자들은 그런 식으로 머리를 흔든다. 그 기억이 이십 년 넘게 내 머릿속에 남아 있었던 것이다. 그 이야기를 할머니께 말씀드렸더니 할머니는 또 코까지 팽팽 풀면서 눈물을 흘리셨다.

내가 고아원이나 양어머니에 대해 기억하는 건 그게 전부다. 불행히도 아버지나 어머니에 대한 기억은 전혀 없다. 사실 지금까지도 할머니를 봤던 기억은 전혀 없다. 그래서 할머니가 당신이 할머니라고 내게 말씀해주시기 전까지는 전혀 할머니를 알아보지 못했다. 엄밀하게 말하자면 내 친할머니는 아니지만 그냥 공경하는 뜻에서 그분을 할머니라고 부른다. 양어머니도 마찬가지다. 그분의 얼굴을 본 기억도 없고 세부적인 것도 기억나지 않는다.

나는 생후 200일 가까이 친어머니와 함께 지냈다고 들었다. 친어머니는 담석증으로 돌아가셨다고 한다. 친아버지는 군에 복무하고 있었기 때문에 내가 태어나는 것조차 보지도 못했다고 한다. 하지만 정확히 생후 며칠 째인지는 모르지만 어머니가 나를 데리고 군에 면회를 가서 아비지가 실제로 나를 볼 수 있었다고 한다. 그 후 나를 낳은 지 200일 만에 어머니는 담석증으로 돌아가셨고 나를 가장 친한 친구에게 맡기셨다. 하지만 그 친구는 나를 보살필 만한 여건이 안 되었나보다. 아니면 나를 보살피고 싶지 않았는지, 혹은 그런 책임을 떠맡은 것이 부담스러웠는지, 나를 광주에 있는 고아원에 보내고 말았다. 그리고 그 후 약 5년간 나는 광주 고아원에서 지냈다.

거기서 나를 보살펴준 사람이 바로 할머니다. 내 인생의 맨 처음 5년을 그곳에서 보낸 셈이다. 하지만 내가 기억하는 거라고는 그 언덕밖에 없다. 나무가 많은 둥근 언덕, 엄마의 유방 혹은 어린 아이의 엉덩이처럼 유난히 둥글게 기억되는 언덕에서 너구리처럼 굴러내려왔던 기억과 아카시아 냄새나는 건물의 아담한 형태뿐이다.

그러다가 내가 정확히 다섯 살 되던 해에 입양 서류가 통과되었고, 즉시 나는 서울 어딘가로 보내졌다. 서울에 온 나는 양어머니와 9개월 정도 함께 지냈다. 양어머니는 거의 1년이었다고 말씀하시는데, 그때 기록으로 보면 대충 9개월에서 11개월 동안이었던 것 같다. 그곳에서 나는 미국의 입양 가정으로 보내졌다. 이 모든 과정에 대해서는 별로 기억나는 게 없다. 그냥 얘기를 들었을 뿐이다. 내가 기억하는 건 그 사각형의 집이라든가 꿈에서 본 것들 정도에 불과하다.

지금 생각해 보면 무슨 이유에서인지 나는 아이들과 잘 지냈던 것 같다. 나는 그 아련한 기억 속에서나 실제 지금의 성격으로 보나 무척 사교적인 편이다. 주변에 사람들이 있는 걸 좋아한다. 옆에 다른 사람이 없으면 외로워서 못 견디거나 정서적으로 불안하다는 게 아니라 그냥 사람들과 함께 있는 걸 즐긴다. 이런 나의 성격은 아마도 광주와 위탁가정에 있을 때 나에게 맡겨진 임무를 통해 길러진 것인지도 모른다. 그때 나는 다섯 살이었고, 그 정도 나이면 그런 상황에 있는 다른 아이들에 비해 나이가 많은 편이었기에 나보다 어린 아이들을 보살피는 의무가 주어진 것이다. 다섯 살이라는 나이는 할머니와 양어머니를 돕기에 충분한 나이였다. 아마 나는 그분들을 많이 도와드렸던 것 같다. 기억 속의 당근과 여자아이의 뚜렷한 영상처럼, 나는 싸운 아이들을 보살피고 달래주고 했던 모양이다.

꿈은 참으로 오묘하다. 마치 감자 줄기처럼 캐면 캘수록 열매가 더욱 많이 달려 나오는 것이다. 내가 기억의 퍼즐을 맞추기로 결심하자 꿈은 새로운 퍼즐 조각을 하나씩 하나씩 던져주었다. 그 꿈의 편린들을 이야기할 때마다 할머니와 양어머니는 "오, 그래, 맞아. 그런 아이들이 있었어. 실제로 그런 사건이 있었어."라고 말씀하셨고, 그럴 때마나 나는 "와!"하면서 감탄을 하지 않을 수 없었다. 하지만 그런 조각들은 한 편의 그림들과 같다. 그 몇 편의 그림을 전부 이어도 나라는 존재의 그림은 뚜렷이 그려지지 않았다. 보다 더 중요한 것이 몽땅 빠져 있었던 것이다. '어머니'라고, '아버지'라고 부르는 그 두 존재가 말이다.

내가 가진 건 파란색 재킷 하나

내겐 아무것도 없었다. 엄마도, 아빠도……
다섯 살배기 내 작은 몸을 따뜻하게 감싼
파란색 재킷 하나밖에는…….

사각형 모양의 집 철문을 열고 길고 높은 담장을 따라 차를 타고 나섰던 날, 나는 바다처럼 파란 재킷을 입고 있었다. 전에는 그렇게 멋진 재킷을 입어본 적이 없었다. 그 파란색은 비행기를 타고 한국으로부터 미국으로 날아가는 동안 내내 보게 될 하늘의 빛깔이기도 했다. 하늘과 바다를 통째로 수놓은 듯한 그 파란색 재킷만이 유일한 나의 위안이었다.

공항 한복판에서 나는 입을 쩍 벌렸다. 어마어마한 격납고와 생전 처음 보는 무지무지하게 큰 비행기. "와!" 그 후로도 내 인생에 입을 쩍 벌릴 만큼 놀라운 일들이 펼쳐질 터였지만, 그 순간에는 우선 비행기 하나만으로도 충분히 가슴이 벅차올랐다. 잠시나마 내가 세상에서 최고의 행운아이며 가장 행복한 아이라는 착각이 들 정도였다. 하지만 이런 느낌도 나중에 내가 지어낸 것인지도 모른다.

정말 오랜 비행이었다. 나는 비행하는 동안 거의 잠을 잤다. 하지만 가끔씩 잠을 깨어 창문 밖을 내다보았다. 전에는 한 번도 그런 광경을 본 적이 없었기 때문에 도대체 무슨 일이 벌어지고 있는 건지 전혀 짐작도 할 수 없었다. 사실 내가 비행기를 탔다는 느낌도 잘 들지 않았다. 내가 타고 있는 것이 과연 비행기인지도 알 수 없었다. 아니, 정확히 말하자면 '비행기'라는 물체가 무엇을 뜻하는 것인지 몰랐다는 것이 옳을 것이다. 그것은 그저 정말로 매력적인 특이한 물체였다. 그 놀라운 감정에 빠져 있다가 스르르 잠이 들고 또 깨었다가 잠들기를 여러 번 반복하고 나니 어느 순간 나는 공항의 터미널을 빠져나가고 있었다. 어떤 여자 분이 서 있었다. 그분 성함은 잊어버렸지만 분명 미국 백인이었다. 하지만 그분은 한국어를 무척 잘했다. 아주 유창했다고 기억된다. 한국인 고아 입양기관의 대표 같은 분이었기에 한국어를 잘했을 것이다.

나는 그분을 보고 "헉!"하면서 놀랐다. 내가 그동안 보아온 사람들과 생김새가 너무나 달랐기 때문이다. 지금에야 백인이었기에 내가 놀랐을 거라고 상상하지만, 그때는 왜인지도 모르면서 몹시 이상하고 우리와는 전혀 다르게 생긴 어떤 사람한테 놀랐다고 할 수밖에 없다. 나의 반응 뒤로 곧 뭔가 얼굴에 와 닿았다. 사탕인 것 같았다. 달콤하고 촉촉한 것, 그게 미국 땅에 내린 어린 나의 첫인상이었다. 사탕을 받아 쥔 내 손길 뒤로 '펑' 하고 불빛이 번쩍였다. 사진을 찍느라고 카메라 플래시가 번쩍인 것이다. 사진을 찍은 사람은 나의 미국인 양아버지였다. 낯선 미국 땅, 지구 반 바퀴 너머에서 누군가 내 사진을 찍기 위해 거기 서서 오랫동안 기다리고 있었던 것이다. 양아버지는 나의 모습을 남겨두기 위해 정성들여 사진을 찍었다. 양아버지는 입양을 하기 위해 전해 받은 내 얼굴 사진 말고는 그때 나를 처음 만난 것이다.

입양 담당자였던 그 백인 여자가 내 귓가에 속삭였다.

"저분들이 네 새 가족이야."

내 가슴속에서 '아!' 하는 물결이 일었다. 그것은 감정의 색깔을 알 수 없는 물결이었다. 무엇을 기대해야 할지 전혀 알 수가 없었기 때문이다. 나는 그때까지만 해도 내게 부모가 없다는 사실을 인식하지 못하고 있었다. 나는 그저 할머니와 위탁모를 엄마로 알고 있었을 뿐이다. 그동안 나는 어떠한 형태로든 결핍을 느끼지 못했다. 나는 보살핌을 잘 받고 있었다. 먹을 것이나 잘 곳, 울 때 안아줄 포근한 품, 어린아이가 필요한 것은 전부 다 있었다. 그 정도 나이의 어린아이는 더 이상의 것을 생각할 필요가 없는 것이다.

도리어 나는 양아버지 때문에 겁을 먹고 있었다. 양아버지의 입에서 나오는 알아들을 수 없는 소리가 무슨 뜻인지 이해할 수 없었기 때문이다. 누군가가 내게 겁내지 말라고, 그 이상한 소리는 무서운 게 아니라 '영어'라고, 미국 사람들의 말이라고 하면서 이해시켜주려고 한들 무슨 소용이 있었을까. 나는 단지 그 낯설고 이해할 수 없는 상황 자체를 견딜 수 없었을 뿐이다. 이미 입양 서류 같은 것은 이전에 전부 넘겨지고 모든 일은 완전히 처리된 후였던 모양이다.

그 다음 장면으로 기억되는 것은 양아버지의 팔에 내가 안겨 있는 광경이다. 양아버지가 두 팔을 뻗어 내 양쪽 겨드랑이 아래 손을 끼고 들어올리는 과정은 하나도 기억나지 않는다. 돌연 덩치 큰 낯선 남자인 양아버지가 나를 덥썩 안아 올렸던 것이다. 내가 지금 기억하는 것이라곤 그저 내 몸뚱어리가 허공에 붕 떠 있었다는 것 뿐이다. 나는 발버둥을 쳤다. "앙~" 소리내어 울며 발을 버둥거리고 그 놀랍고 두려운 상황에서 벗어나려고 온몸을 비틀었다. 그럴수록 양아버지는 내 몸을 더 꼭 붙들고 어디론가 걸어갔고, 눈물로 범벅이 된 내 눈에는 곧 쏟아져 내려올 것만 같은 터미널의 천장만이 아득하게 흔들리며 가득 달려들었다. 눈부시게 밝은 천장의 불빛은 눈물의 파도를 가득 담은 어린아이의 세상을 가득 채웠다. 나는 온몸을 바들바들 떨며 두 눈을 꼭 감고 더 크게 울음을 터뜨렸다.

나중에 이야기 듣기로, 그곳은 콜로라도의 덴버 스테이플턴 공항이었다. 공항을 빠져나와서는 차 안에 있었던 기억이 난다. 그 차는 나무로 되어 있었다. 크라이슬러의 베어링이었다고 하는데, 그때만 해도 1970년대 후반이었으니까 차의 실내는 모두 다 나무로 장식되어 있었다. 마치 바퀴 위에 달랑 올려놓은 나무 가구처럼 보였다. 얼마간 나무 자동차를 타고 간 다음 내린 곳은 지금의 맥도널드 비슷한 곳이었다. 거기서 지금의 프렌치프라이와 비슷한 것을 먹었다. 나는 바짝 겁에 질려 있어서 말을 한 마디도 하지 않았지만, 양아버지와 입양 담당 여자분은 내게 계속 말을 걸면서 무척 친절하게 대해주며, 내게 직접 프렌치프라이를 먹여주었다. 나는 프렌치프라이를 계속 먹었다. 그렇게 고소하고 달콤한 것을 예전에는 한 번도 먹어본 적이 없었다. 그냥 계속, 하염없이 먹었다는 표현이 맞을 것이다. 결국 우리는 콜로라도로 갔고 그 후에도 내내 콜로라도에서 살았다.

프렌치프라이를 먹고 난 후에 다시 차에 오른 나는 창문 밖을 내다보았다. 차창 밖으로 눈이 내리고 있었다. 내가 본 광경 중 가장 아름다운 순백의 눈이었다. 그 이전에도 눈을 보았겠지만 그렇게 하얀 순백의 눈은 그때 처음으로 본 것 같다. 정말 많은 눈이었다. 그 뒤로도 눈을 많이 보며 자랐다. 미국에서도 콜로라도는 원래 눈이 많이 내리기로 유명한 곳이었다.

우리는 길가 양옆으로 눈이 잔뜩 쌓인 하얀 언덕길을 올라갔다. 그 다음 떠오르는 장면은 바로 집 안이다. 그리고 그 다음은 밤이다. 그게 밤이라는 걸 아는 이유는 내가 다른 옷을 입고 있었기 때문이다. 양부모님들이 내 옷을 어떻게 벗겨 어떻게 다른 옷을 입혔는지는 하나도 기억이 안 난다.

오로지 기억나는 거라고는 내가 아침부터 입고 있었던 파란색 재킷을 찾아야겠다는 생각만이 내 머릿속에 가득했다는 것뿐이다. 그 생각은 너무나 맹목적이어서 조바심이나 불안감이 하늘 꼭대기까지 뻗었다고 말할 수 있다. 신발이나 바지나 셔츠 같은 것은 전혀 상관없었다. 오로지 그 파란색 재킷만이 나를 사로잡았고, 절대로 잃어버려서는 안 된다는, 반드시 찾아야 된다는 생각 때문에 나는 거의 징징 울고 있었다.

나는 누나인 에이미와 함께 지내게 되었기에 그 방에서 잠을 깼을 거라는 추측만 할 뿐이지 잠을 깨었을 때의 기억은 전혀 없다. 그냥 주방을 정면에서 바라보았던 기억만 난다. 주방은 정말 근사했다. 넓은 창문으로는 눈 쌓인 밖의 풍경이 한 편의 파노라마처럼 펼쳐져 있었고, 둥글고 큰 보름달의 푸른빛이 하얀 눈에 반사되어 온통 세상을 투명하게 물들이고 있었다. 재킷을 찾고자 했던 나는 잠시 멍한 채로 창문 밖의 광경에 매료되었다. 눈 위에서 반짝반짝 빛나는 달이 너무나 아름다웠다. 그 보름달의 광경은 내 기억 속 가장 아름다운 풍경 중의 하나로 지금도 마음 속 깊이 새겨져 있다.

곧 나는 두리번거리며 파란색 재킷을 찾았다. 그 재킷을 주방 어디 구석에 놓아두었던 생각이 났기 때문이다. 지금에야 그 방에 놓인 달빛에 반사된 번쩍이는 냄비와 주방 도구들을 통해 그곳이 주방이라고 기억할 뿐 그때는 그곳이 주방인지도 몰랐다. 그저 나는 그 파란색 재킷을 찾아서 입고는 서둘러 도망치고 싶었다. 겁에 질려 있었던 것이다. 나로서는 전혀 새로운 낯선 곳이었고 오직 그 곳으로부터 도망쳐 어디론가 익숙한 곳으로 가고 싶었을 뿐이다. 어쩌다가 내가 다시 그대로 잠이 들었는지는 전혀 기억나지 않는다. 내가 소란을 피우는 통에 온 식구가 깨어나고, 내가 울고, 양부모님이 나를 달래려 고생을 하셨는지 어땠는지는 모르겠다. 어쨌든 그날 밤 나는 그대로 주방에서 잠이 들었다고 한다. 그게 내 미국 생활의 첫날이다. 한국으로부터 온 어린아이가 유일하게 가지고 있던 물건인 파란색 재킷을 찾아 침대에서 일어나 주방 여기저기를 뒤지다 잠이 든 것이다. 내가 기억하는 미국 생활의 첫날은 그렇게 불안하고 쓸쓸했다.

울기만 하는 아이

내 울음은 누굴 향한 것이었을까……
그렇게 오래 울어도 대답이 없는 엄마 아빠를
이제는 그만 잊기 위해서였을까…….

나는 미국 생활 첫해를 무척 힘들게 보냈다. 영어를 할 줄 몰랐으니 당연한 일이었다. 내가 지금 한국어를 한 단어씩 배우는 것처럼 그때는 영어를 한 단어씩 배워야 했다. 나보다 양부모님이 더 힘들었을 것이다. 매일 울음으로 하루를 시작해 울음으로 끝을 내는 아이를 키우기란 상상만 해도 얼마나 어려울지 짐작이 간다. 다섯 살이었으니 한국말은 꽤 했겠지만, 한국말을 전혀 모르는 양부모님은 내가 왜 우는지 이해하기 어려웠을 것이다. 하기야 어린 나도 스스로 왜 우는지 알지 못한 채 두려움과 불안으로 울기만 했을 테니, 말이 통했다 해도 어렵기는 마찬가지였을지도 모른다. 어쨌든 양부모님은 느낌으로, 눈치로 내게 필요한 모든 것을 해주면서 어떻게든 달래보려고 노력했었다고 한다.

그러던 어느 날, 나는 내가 버려지지 않았다는 것, 낯설고 무서운 곳에 있는 것이 아니라는 것을 어렴풋이 깨닫게 되었다. 그런 느낌이 들었던 날 중에 가장 기억나는 날은 내 생일날이다. 내 코앞에서 촛불이 일렁였고 '후' 하고 불어서 껐던 생각이 난다. 그때는 어느 정도 영어를 할 줄 알게 되었을 때지만 여전히 나는 힘든 시간을 보내고 있었다. 선물을 정말 잔뜩 받고 하나씩 열어보았던 기억도 난다. 그 선물의 절반은 뭔지도 몰랐다. 전에는 결코 본 적이 없었던 낯선 물건들이었다. 하지만 그때를 기점으로 마음이 편안해지면서 더 이상 두려워하지 않게 된 것 같다.

하지만 두려움이 물러가고 안정감을 느낀 후에도 여전히 나는 많이 울었다. 양어머니는 그로부터도 한참 동안이나 내가 자주 많이 울었다고 회상하신다. 양어머니는 그때 무척 겁이 나셨다고 한다. 한국어를 전혀 할 줄 모르기 때문에 도대체 어떻게 해야 할 바를 몰랐다고 하신다. 아무리 불편한 점이 없도록 배려를 해도 끊임없이 울기만 하는 아이를 감당하기란 어려운 일이었을 것이다.

생일날을 빼놓고 미국에서의 첫해에 대한 기억은 그리 많지 않다. 나는 부모님을 보면서 '와, 눈이 크네. 백인이구나' 하고 생각했던 게 아니라 그냥 나를 보살펴주는 분들이라고 생각했다. 엄마, 아빠라고 생각하지도 않았다. 양부모님은 내가 누나인 에이미와 함께 지내도록 했다. 그때 에이미는 열두 살 정도였을 것이다. 양부모님은 심리학을 활용해서 여섯 살짜리 아이는 열두 살짜리 아이와 함께 있으면 마음이 더 편할 거라고 생각했던 것 같다. 서른 살 정도의 낯선 어른과 함께 있으면 내가 소리를 지르면서 더 많이 울 거라고 생각하셨다. 그 기간 내내 형도 함께 있었지만 형에 대한 기억은 별로 없다. 에이미가 내 기억에 가장 먼저 떠오른다. 그러나 에이미 역시 내 누나라는 느낌보다는 그냥 한 여자아이 정도로 생각했을 뿐이다.

그러다가 내가 일곱 살쯤 되었을 때 양부모님은 나를 한 선생님에게 보냈다. 아직도 노스 부인이라고 불렀던 그 선생님의 모습이 생각난다. 나는 여름 내내 그 선생님과 함께 보냈다. 매일 양어머니가 나를 차에 태워 언덕길을 내려가 노스 부인에게 데려다주었다. 차로 삼십 분 정도 걸리는 거리였다. 거기서 나는 A, B, C를 배웠다. 노스 부인은 친절하게도 내 입술을 만지면서 입 모양을 만들어주고 "에이"하고 발음하도록 도와주었다. 에이미 누나도 입양되어온 아이였기 때문에 나와 함께 노스 부인에게 영어를 배우러 다녔다.

나는 점점 영어를 잘 이해하게 되었고, 그에 따라 어린 시절의 추억은 무지개 빛깔로 변해갔다. 그 이후로 나는 정말 즐겁고 신나는 시간을 보낼 수 있었다. 내가 기억할 수 있는 가장 멋진 생일파티, 그때는 아마 일곱 살인가 여덟 살 정도 되었을 것이다. 그때 받았던 선물 중에는 갖가지 장난감과 자전거도 있었다. 그 많은 선물에 둘러싸인 사진은 아직까지 소중하게 간직하고 있다.

나의 양부모님은 나를 정말 자신들의 아들로 키우고 싶어했다. 만약 버려진 불쌍한 아이를 돌본다는 마음만 있었다면 하염없이 사랑을 주어야 한다는 강박관념에 시달리며 울기만 하는 아이를 감당하기 어려웠을지도 모른다. 그러나 나의 양부모님은 현명한 분들이었고, 정말로 사랑하며 한 인간으로 성장시킨다는 것이 무엇을 의미하는지를 잘 알고 있었다. 나는 아주 어린 나이에도 벌을 받으며 자랐다. 벌을 받으면서도 나는 양부모님이 나를 아프게 하려고 벌을 주는 것이 아니라 정말 바른 규율을 가르치기 위해서 그렇게 한다는 것을 이해할 수 있었다. 양부모님은 벌을 주기 전에 내게 먼저 왜 벌을 받아야 하는지를 인내심을 가지고 설명해주었다. 그러고는 매우 냉정하고 아프게, 정말 훌륭한 부모답게 벌을 주었다.

한번은 내가 선반 위의 사탕을 몰래 훔쳐서 잔뜩 먹은 일이 있었다. 초콜릿을 묻힌 달콤한 사탕은 한꺼번에 너무 많이 먹지 않도록 하루에 몇 개씩 정해진 양이 있었지만, 철없던 나는 달콤한 사탕의 유혹에 못 이겨 몰래 숨어서 먹었다. 그러고는 작은 거짓말쟁이는 우습게도 입 주변에 초콜릿이 잔뜩 묻은 것도 모르는 채 "엄마, 나 초콜릿 하나도 안 먹었어요."하고 말했던 것이다. 양어머니는 차분한 목소리로 "넌 엄마에게 거짓말을 하고 있구나."하면서 엉덩이를 때리셨다. 물론 나는 맞기 전에 양어머니로부터 왜 내가 맞아야 하는지에 대해 설명을 들었다. 그 이유는 내가 사탕을 잔뜩 먹었기 때문이라기보다는 내가 거짓말을 했기 때문이었다. 나는 내가 왜 엉덩이를 맞아야 하는지 충분히 이해할 수 있었다. 나는 아픈 엉덩이를 어루만지면서 내가 왜 맞았는지 생각할 수 있었고, 양어머니는 다 때린 후에 그 생각에 대해 다시 한 번 나와 이야기를 나누었다. 물론 내가 너무 아픈 나머지 터뜨린 울음을 진정하고 난 후에 말이다. 그것은 신뢰와 존경의 한 방법이자 양어머니가 나

를 얼마나 아끼고 사랑하는지 보여주기 위한 노력이었다고 생각된
다. 양아버지 역시 마찬가지였다. 양아버지도 양어머니처럼 내게
바른 규율을 가르치기 위해, 좋은 습관과 버릇을 들이기 위해 매를
아끼지 않았다. 지금은 그 모든 것들을 이렇게 말로 설명할 수 있
지만, 그때는 이렇게 이성적으로 이해하지는 못했다. 그러나 나는
양부모님으로부터 사랑과 애정을, 그리고 정말 내가 바른 아이가
되기를 원하고 있다는 것을 충분히 느낄 수가 있었다. 그것이 나를
흡족하게 했고, 든든한 마음으로 양부모님을 믿고 의지하도록 했
다.

　무엇보다 가장 즐거운 기억으로 남아 있는 것은 내 어린 시절이
고스란히 담겨 있는 콜로라도의 에버그린이다. 그곳은 이층집으로
그 뒷마당이 끝없이 넓게 펼쳐져 있었다. 그곳은 지평선이 보일 만
큼 넓은 세상이었고, 내가 원하는 만큼 얼마든지 신나게 놀 수 있
었다. 나는 거기서 망아지처럼 뛰어다녔다. 양부모님은 내가 원하
는 만큼 얼마든지 놀도록 허락해주었다. 하지만 때때로 왠지 모르
게 겁이 나는 때가 많았다. 그럴 때마다 누나와 함께 잤다. 위층으
로 올라가서 왼쪽으로 총총총 걸어가면 누나의 방이 있었는데, 다
른 식구들한테서 멀리 떨어져 있었다. 정말 근사한 방이라고 생각
했다. 겁이 날 때마다 누나와 함께 잤고 조금은 안심이 되었다.

입양아, 선샤인 보이

태양은 빛나고 축복은 가득했네
나는 혼자였으나 사랑받았고
나는 버려졌으나 행복했네.

영어를 익히고 양부모님의 사랑을 느낀 뒤로부터 나는 상당히 외향적인 아이로 자랐다. 한국에 있을 때 다섯 살배기인 내가 고아원과 위탁가정에서 나보다 더 어린 아이들을 돌보기도 했던 원래의 쾌활한 모습을 되찾은 것이다. 양부모님에겐 내가 막내아들이어서 나는 돌보아야 할 어린 동생이 없었다. 그 대신 웃음으로 나보다 나이 많은 가족들에게 사랑을 부어준 것 같다. 나의 웃는 얼굴을 보면서 양어머니는 항상 "선샤인 보이"라고 불렀다. 밝고 쾌활한 성격이라는 뜻인데, 딱 어울리는 한국말이 생각나지 않는다. 미국인이 말하는 "선샤인 보이"에는 미국적인 냄새가 배어 있기 때문일 것이다. 영어가 능숙해지면서 나는 마치 그동안 표현하지 못했던 말을 다 쏟아내듯이 항상 종알종알 이야기를 했고, '스킵버디두다' 같은 노래를 부르며 돌아다녔다. "유 아 마이 선샤인 You are my sunshine 마이 온리 선샤인 My only sunshine ...." 양어머니는 나의 그런 모습을 무척 사랑하셨다. 입양된 첫날 밤, 도망가기 위해 울며불며 옷을 찾아헤매고, 그 후로도 오랫동안 버둥거리고 울기만 했던 내가 그렇게 변할 줄은 모르셨을 것이다. 겁나고 두렵고 짜증나는 울음소리 속에서 어쩌면 나를 입양한 것을 후회하는 감정이 생겼을지도 모른다. 물론 후회의 감정을 다스리지 못하실 분은 아니지만 말이다. 그러기에 더욱 내 변화된 모습은 자랑스럽고 사랑스러웠을 것이다. 샤인Shine은 말 그대로

'햇빛, 양지, 쾌활한 사람'을 뜻하지만, 그 깊은 곳에는 '행복의 근원'이라는 의미가 있다. 노란 피부에 까만 머리로 백인 가정에 입양된 내가 양어머니로부터 '행복의 근원'이라는 말을 들을 수 있다는 것은 축복이었다. 지금까지도 양어머니는 나를 "마이 선샤인 My sunshine"이라고 부른다.

하지만 쾌활한 아이는 동시에 개구지고 장난을 잘 치며 말썽을 피게 마련이다. 한 번은 이런 일이 있었다. 정확히 어딘지는 잘 모르겠지만 가족들 모두 골동품 가게 같은 곳에 갔다. 도자기 가게 같은 곳이었는데, 양어머니는 유난히 장난을 잘 치는 내게 손을 주머니 안에 넣고 다니라고 하셨다. 그때 내가, 손을 주머니에 넣고 다니라는 양어머니 말의 의미를 이해하기는 했을까. 아마도 그저 거기에 있는 신기하고 아름다운 유리 제품과 도자기 그릇들을 다 만져보고 싶은 마음이 앞섰을 것이다. 나는 그저 어린애였을 뿐이니까. 그래서 물건을 하나 집어들면 양어머니는 "내가 뭐라 그랬지? 한 번 더 만지면 볼기짝을 때려줄 거야."하고 말씀하셨다. 그러나 나는 역시 어린애였다. 그런 말에는 아랑곳하지 않고 또 물건을 집어들었던 것이다. 양어머니는 아무 말 없이 나를 달랑 안아들고는 밖으로 나갔다. 나는 곧 무슨 일이 일어날지를 깨닫고 발버둥을 쳤지만 이미 때는 늦었다. 양어머니는 도자기 가게의 문 밖으로 나가 길가의 모퉁이로 돌아가서 나를 내려놓고는, 무릎을 구부려

쪼그리고 앉아 내 눈을 똑바로 쳐다보며 왜 내가 엉덩이를 맞아야 하는지 간단히 이유를 설명하고, 내 엉덩이를 때렸다. 양어머니가 별것도 아닌 일을 가지고 유난히 벌을 주는 것처럼 보일 수도 있지만, 그렇게 하시는 데는 충분한 이유가 있었다. 유리 제품이나 도자기 제품은 어린 아이의 손으로 함부로 만져서는 채 몇 분도 못가 깨지기 쉽기 때문이다. 나는 엉덩이를 맞아서 몹시 아팠지만, 그 점은 충분히 이해할 수 있었다.

그런 엄격한 규율을 지킨다면 그 나머지 시간은 유쾌하고 재미있는 일들로 가득했다. 양부모님은 유치원 시절부터 내게 준비를 시켰다. 내가 영어를 잘해서 유치원에도 안심하고 보낼 수 있도록 ABC부터 차근차근 배워 결국 필요한 모든 것들을 다 배우도록 하신 것이다.

나는 그런 차분한 계획에 비하면 굉장한 말썽꾸러기였다고 해야 할 것이다. 나는 무엇보다도 재미있는 시간을 보내는 데 골몰해 있었다. 다른 모든 아이들처럼 공부는 별로 하고 싶지 않았다. 그냥 재미있는 장난이나 농담을 하면서 지내고 싶어했다.

유치원부터 시작해서 초등학교 6학년까지 내내 나는 아이들에게 인기가 많았다. 그냥 잘 지낸 정도가 아니라 무척 인기가 많았다고 해도 좋을 만큼 아이들과 잘 어울려 지냈다. 상상하기 어렵겠지만 어린 시절을 보내는 동안 내 주변에는 아시아계 친구들은 별로 없었다. 나는 콜로라도에 살고 있었고 당시 콜로라도에는 아시아인들이 별로 없었기 때문이다.

나는 유치원을 졸업한 후, '베티딩'이라는 기독교 사립학교에 다녔다. 그곳에서 나는 기독교인으로서 지켜야 할 성서의 규율이라든가 신과 인간에 대한 공경심, 그리고 세세한 성경의 내용 등을 다 배웠다. 우리 집은 독실한 기독교 가정이었다.

나는 정말 멋진 어린 시절을 보냈다. 그때 그렇게 하지 말고 이렇게 했으면 더 좋았을걸 하는 식의 후회는 전혀 없다. 때때로 내가 한국에서 자랐어도 그렇게 멋진 어린 시절을 보낼 수 있었을까 하는 의구심이 든다. 그러나 그런 생각은 그렇게 자주 하지는 않는다. 또 그런 생각이 든다 해도 나는 얼른 다른 생각을 한다든가, 즐거운 일을 기억한다든가, 새로운 주제로 다른 사람과 이야기를 한다든가 해서 그 생각을 지워버린다. 그런 생각은 내게 별로 도움이 되지 않기 때문이며, 또한 아무것도 확실하지 않으면서 내 머릿속을 의심으로 꽉 채우기 때문이다.

나는 거기 콜로라도에서 양부모님과 가족으로부터, 유치원과 학교로부터 규율과 공경심을 익혔다. 하지만 그러면서도 나는 무척 말썽꾸러기였다. 정말 그랬다. 장난을 칠 수 있다는 것은 행복이었다. 재미있는 일을 꾀할 수 있고, 기대감을 가지고 그 일을 행하며, 나중에 혼나고 매 맞더라도 절대로 버림받지 않을 거라는 믿음, 아니 여전히 그 모든 일들이 신뢰와 사랑 속에서 행해진다는 그런 느낌, 그것은 그때나 지금이나 내 머릿속에서 그려지는 미국의 집을 따스하게 느낄 수 있도록 한다.

콜로라도에 사는 동안 삶에서 원하는 것, 필요한 것들을 나는 다 갖고 있었다. 서울을 떠나 미국에 도착했을 당시부터 2학년 때까지는 콜로라도 주 에버그린에서 살았는데, 그 이후에 콜로라도 주 몰스로 이사를 갔다. 몰스에서는 5층집에 살았는데 수영장도 있었다. 그 수영장을 처음 보았을 때 나는 이렇게 외쳤다.

"진짜 멋지다! 나는 내가 인생에서 원하는 건 다 갖고 있어."

그렇게 모든 것을 다 가진 말썽꾸러기에게 공경심을 가르치기 위해 양부모님은 무척 애를 써야 했다. 어쨌든 나는 인기도 많고, 공부보다는 놀기를 좋아했지만 그래도 성적은 좋았다. 1학년 때인지 3학년 때인지 정확히 기억은 안 나지만 전과목 A를 받기도 했다.

사람들은 내가 과연 언제부터 내 가족과 생김새가 다르다는 것을 깨닫기 시작했는지 궁금해하곤 한다. 정확히 말하자면 그로 인해 내가 입었을 상처나 고통, 정체성의 위기, 그것의 극복 과정 등 모든 일들을 듣고 싶어한다. 마치 고난과 역경을 딛고 성공한 사람의 이야기를 듣고 싶어하듯이 말이다. 그러나 기대에 어긋나게도 자라는 동안 나는 그런 일을 가지고 심각하게 고민하거나 상처를 입지는 않았다. 내가 영어를 완전히 이해하게 된 건 유치원 때였고, 이미 나는 내 생김새가 주위 사람들과 다르다는 걸 깨닫기 시작했다. 그러나 나만 신기한 동물이나 외계인처럼 완전히 다르다고 생각지 않았기에 그리 충격을 받지 않았다. 왜냐하면 내게는 한국인 형과 누나가 있었기 때문이다. 양부모님은 한국인 입양아를 나까지 셋이나 기르고 계셨다. 형과 누나와 나는 부모님이나 그 외의 모든 백인들과 생김새가 달랐다. 그러나 그때 당시에는 다르다는 것 외에, 왜 다른지에 대해서는 생각하지 못했다. 내가 한국인이기 때문이라든가 양부모님이 미국인이기 때문이라든가 하는 등등의 어떤 이유도 알지 못했고 문제의식을 느끼지도 못했다.

그러다가 초등학교에 다닐 무렵 누나와 내가 같은 학교에 다녀서 양부모님이 항상 데리러 오셨는데, 학교 아이들이 가끔씩 이렇게 묻곤 하였다.

"도대체 왜 그렇지? 너희 누나 중에는 백인도 있고 아시아인도 있고 형이랑 너는 둘 다 아시아인이잖아. 이게 도대체 무슨 경우야?"

그런 의문이 남의 말을 통해서가 아니라 내 속에서 일었던 게 정확히 몇 학년이었는지는 기억나지 않지만, 어느 날 양부모님과 우리는 함께 그에 관한 이야기를 나누었다. 앞에서도 말했듯이 우리 집은 무척 독실한 기독교 가정이었다. 그래서 우리 주변에는 항상 기독교 신자들이 있었다. 우리 부모님을 포함한 모든 기독교 신자들은 사람을 생김새나 피부색으로 판단해서는 안 된다는 생각을 은연중에 나에게 갖게 했다. 아시아인이든 흑인이든, 동양인이든, 어떤 인종이든 상관없다. 바로 그 사람 자체, 그 사람의 인격이나 성격을 보고서 좋아해야 한다고 말이다.

나는 어릴 적부터 그런 이야기를 들었고 한번도 그 말에 의문을 가져본 적이 없다. 그냥 언제부터인지도 모르는 어린 시절부터 나는 내가 입양되었다는 사실을 느끼고 있었고 양부모님도 그에 대해 감추지 않고 알려주었다. 언젠가 완전히 영어로 의미 있는 대화를 나눌 수 있을 즈음부터 양부모님은 "우리가 너를 입양했다. 우리는 너를 사랑하고 너를 위해서라면 무슨 일이든 다 할 것이다. 네가 우리 아들이 되기를 바라는 거다. 우리는 너를 정말 사랑한다."하고 말씀하셨다.

어린 시절에도 나는 그거면 충분했다. 양부모님이 그 이야기를 하신 걸로 이미 충분했고, 그분들을 나의 진짜 부모님으로 받아들였다. 물론 아주 가끔은 속이 상했지만 양부모님에게 솔직하게 그런 이야기를 하면, 부모님은 그저 기도를 하자고 하셨다. 함께 기도하고 나면 기분이 나아지는 것을 느낄 수 있었고, 나는 하느님과 부모님의 사랑 속에 있었으며, 나머지는 아무래도 좋았다.

한국이라는 낯선 이름

언젠가 어린 시절, 내가 이곳에 살았다니……
여기 어디에 내 뿌리가 있다니…….

내가 입양아라는 사실을 깨닫게 되면서부터, 나를 사랑하는 양부모님 외에 이 세상 어딘가에 계실 친부모님에 대해 궁금해졌다. 그것은 사무치는 그리움이거나 꼭 찾아야만 한다는 확신 같은 것이 아니라 그저 일종의 궁금증이었다. 그러나 고등학생이 되어 삶과 죽음, 생명과 운명 등에 대해 생각하게 되면서부터 그런 궁금증은 보다 확대되어 나라는 존재에 대한 질문이 마음 깊숙이까지 파고들었다. 주변의 친구들 역시 놀림이나 조롱이 아닌 진지한 태도로 내게 친어머니가 누구인지 아느냐고 묻곤 하였다. 그들은 친절했고 내가 입양아라는 것에 대해 전혀 문제삼지 않았으며 단지 나와 함께 궁금해했고 나라는 존재에 대해 진지하게 생각해주었다.

고등학교 2학년, 3학년을 거치면서 나는 정말 궁금해졌다. 나에게 친형제, 자매가 있을까, 친부모님이 살아 계실까. 고모와 숙부는 누구일까. 그런 생각은 혼자 길을 걸을 때, 잠이 들려 할 때, 혹은 맛있게 밥을 먹을 때조차 문득문득 내 주위를 맴돌곤 하였다. 나이가 들수록 점점 더 그 생각을 많이 하게 되었다. 그럼에도 불구하고 친부모님을 찾아야겠다는 결심은 들지 않았다. 두려움 때문이었을까. 혹은 현재의 가족에 대한 사랑이나 미안함 때문이었을까. 정확한 심경에 대해서는 나 자신조차도 알 수 없다. 그런 생각은 고등학교 4학년, 즉 12학년이 되었을 때 깊이 빠져들게 되었지만, 역시 실제로 찾아나서야 할 이유는 없다고 생각하곤 하였다. 왜인지 모르나 나는 입양되었고, 입양되었다는 것은 어쩌면 버려졌거나 그 외의 피치 못할, 그저 상상만으로도 좋지는 않은 어떤 일이 있었을 거라는 막연한 추측 때문이었을 것이다. 어쩌면 친부모가 나를 버렸다는 생각 때문에 의도적으로 찾지 않겠다고 결심했는지도 모른다. 왜 나를 버렸을까. 경제적인 이유로? 아니면 내게 어떤 장애가 있어서 버렸을까? 물론 나는 아무런 장애도 없지만, 가끔씩은 보통 사람들이 늘 그렇듯이, 내가 무슨 정신적인 장애가 있는 것은 아닐까 하는 생각이 들기도 하기 때문이다. 혹시 내게 무슨 유전병이 있는 것은 아닐까? 지금은 이렇게 잘 지내고 있지만, 어느 나이가 되면 발병하는 무슨 위험한 병이…… 등등의 여러 가지 상상이 떠올라 나를 괴롭히곤 하였다.

그러다가 대학생이 되면서 나는 그런 추측이나 두려움들을 무릅쓰고 무언가 결정을 해야만 된다는 결론을 내렸다. 내겐 든든한 가족이 있고 친구가 있었으며, 무엇보다도 나는 성인이 되었다. 점차로 친부모님을 찾는다는 일은, 사람으로서 꼭 해야만 할 일로 여겨지게 되었다. 이제 행동으로 나설 때가 된 것이다.

그 즈음 나는 인생에서 정말 힘겨운 시기를 보내고 있었다. 누구나 인생의 중대한 갈림길이 있을 것이다. 나 역시 그랬다. 대학에 남아 졸업을 해야 하는 건지, 남들처럼 평범한 직업을 구해야 할 것인지, 그렇게 미국인으로 살아가야 할 것인지, 내 존재의 뿌리에 대해 더 이상 아무것도 하지 않을 것인지, 나는 이러지도 저러지도 못하고 있었다. 그냥 모든 사람들처럼 힘겨운 시기를 보내고 있을 즈음에, 남들과는 다른 중대한 고민이 한 가지 더 있었다는 것이 옳을 것이다. 그러다가 나는 결국 군에 입대하기로 마음을 먹었다. 군에 입대함으로써 나는 나의 뿌리를, 과거를, 내가 누구인지를 알아내기로 결정한 것이다.

1995년 8월, 나는 군에 입대했다. 군에서는 나에게 선택의 여지를 주었다. 군에 입대하겠다고 서명한 지 1개월쯤 지난 후였는데, 세계 어느 나라로 가고 싶은지 내게 선택하라고 한 것이다. 그때 내게 놀라운 일이 일어났다. 내 입 밖으로 "한국"이라는 말이 나온 것이다. 그 순간 그 말은 내 존재의 바깥 어딘가로부터 와서 거꾸로 내 귓속으로, 내 입 안으로 비집고 들어오는 것 같은 느낌이었다. 낯선 이름, 그러나 내 뼈 속에 새겨져 있는 이름, 한국! 그 한국에서 가장 먼저 복무하기로 결정한 것은 바로 나였다. 그렇게 나는 나를 데려다 길러준 미국을 떠나고 싶었고, 내가 태어난 한국이라는 나라가 어떤 나라인지 알고 싶었다.

그러기 위해서는 준비를 해야 했다. 출국을 앞두고 내가 미국에 오게 된 입양 과정의 기관이나 서류에 대해 알아보아야 했다. 그 일은 양부모님의 도움 없이는 불가능했고, 결국 내가 친부모를 찾으려 한다는 사실에 양부모님이 찬성하는가를 알아야 할 필요가 있었다. 그런 생각을 하는 동안 나는 내 행동에 대한 확신을 가질 수 있었다. 내가 왜 친부모님을 찾아야 하는가에 대한 명백한 이유를 나 스스로 알게 되었던 것이다. 나는 내 인생을 통해 무언가를 완성해야 한다는, 어떤 중요한 일을 마쳐야 한다는 것을 깨달았다.

아마 6월, 여름 무렵이었을 것이다. 막 석양이 붉게 울고 있었다. 세월은 흘렀고 양부모님의 얼굴에는 주름이 늘어 있었다. 나는 매우 담담하게 차를 마시며 양어머니께 나의 생각을 말했다. 양어머니는 마치 준비하고 있었던 듯, 오랫동안 마음속에 두었던 말이었던 듯, 내가 친부모님을 찾는 일에 전혀 아무런 불만이 없다고 대답하셨다. 양부모님은 도리어 전폭적으로 나를 지지해 주었을 뿐만 아니라, 이런 일을 예측이나 하셨던 듯이 상자 속에서 나에 대한 모든 기록을 꺼내주셨다. 그리고 말씀하셨다.

"이 일은 꼭 해야 한다. 네 생애에 이 일에 대해 아무것도 하지 않는다면, 넌 바보다."

양부모님은 나를 백 퍼센트 지지하며 도울 일이 있으면 언제라도 이야기하라고 하셨다. 그 말에 나는 내 생각을 더 확실히 전달할 수 있었다.

"어머니, 아버지. 만약 친부모님이나 친척들 중 한 사람도 찾지 못한다 해도, 제가 속상해 할 거라고 염려하지는 마세요. 그렇지 않아요. 뭔가를 발견하려고 한국에 가는 게 아니에요. 그냥 찾아보려는 거예요. 제가 하고 싶은 일은 찾아보는 시도를 하는 거예요. 저는 그걸로 만족해요."

그것으로 나와 양부모님, 가족들 간에 뜻이 합해졌다. 그 외에 갈등이나 충돌은 전혀 없었다. 모두들 내가 친가족을 찾기를 진심으로 바랐다. 나는 혹시라도 가족들이 마음 상하지 않을까 걱정했지만, 나의 가족들은 오히려 내가 한국에 가 있는 동안 아무런 노력도 하지 않는다면 바보라고 했다. 그제야 내가 해야 할 일이 분명해졌다. 내게는 이렇게 나를 사랑하는 가족이 있고 친구가 있었기에 만족할 수 있었고, 그래서 구태여 그동안 친가족을 찾지 않고 큰 갈등 없이 지낼 수 있었다는 것을……. 그러나 이제는 분명히 친부모님이 생존해 계신지, 그분들이 진짜 친부모인지, 나에게 형제, 자매, 고모, 숙부가 있는지 찾아볼 필요가 있었다. 모든 노력을 기울였지만 아무것도 발견하지 못한다 해도 그것으로 만족할 수 있었다. 내게는 이미 만족스런 가족과 친구가 있으니까……. 우선 찾는 것! 그게 내 목표였다. 실제로 친아버지, 친어머니를 찾는 게 내 목표가 아니라, 일단 찾아보는 것! 가장 중요한 건 찾아본다는 사실 그 자체였다. 그래서 나는 군에 입대했고 필요한 모든 서류를 준비했다.

한국에 오는 747 비행기 안의 광경은 영원히 잊지 못할 것이다. 나는 분명 어린 시절을 한국 땅에서 보냈다. 아니, 그렇다고 들었다. 그러나 그것은 일종의 옛날이야기나 루머처럼 너무나 현실감이 없었다. 그 믿을 수 없는 이야기가 막 현실로 다가오려는 참이었다.

'한국' 상공으로 들어왔다는 방송에 창문 밖을 내다보니 김포공항이 보였다. 나는 시차 때문에 너무나 피곤한 상태였지만, 조금도 몸을 편하게 할 수 없었다. 앉아 있어도 서 있는 것만 같고 눈을 감아도 눈을 뜬 것 같았다.

'내가 한국에 왔다니 믿을 수가 없군.'

내가 마치 자신이 아닌 다른 사람처럼 여겨지기도 하였다. 또한 막연한 기대감에 몸이 창밖의 구름처럼 둥실거리고 있었다. 나는 내 양부모 나라인 미국을 떠나 해외 복무를 하는 동안 아주 즐겁고 재미있게 지낼 거라고 상상했던 것이다. 증오심 같은 건 전혀 없었다. 한국이 나를 버렸다고 생각하지도 않았다. 그렇게 생각하기에는 한국은 지나치게 낯설었다. 증오심마저도 친밀감을 바탕에 두어야 하는 감정이 아닐까. 내게 한국은 그런 친밀감조차도 없는 낯선 나라였던 것이다. 그것은 오히려 다행이었다. 나는 정말로 한국이란 어떤 나라인지, 한국 문화는 어떤지, 과연 내가 살던 집을 찾아볼 수 있을지, 정말로 친부모님을 찾을 수 있을지, 순수하게 들

떠 있었다. 어린아이처럼 들뜨고 신나고 어쩌면 득의양양했던 것 같다. 그렇다. 과연 한국이라는 나라, 내가 태어났다는 나라가 도리어 나를 어떻게 볼 것인지 알고 싶었다. 내가 한국을 보고 싶어 하는 것만큼 한국도 나를 보고 싶어하는가. 내가 과연 한국을 좋아하게 될까. 나는 모든 면에서 완전히 미국인이었고, 미국과 다른 한국 사람들은 나를 어떻게 볼 것인지, 내가 무례하고 부도덕한 사람으로 보일 것인지 궁금했다. 나는 미국 문화와 한국 문화가 어떤 면에서 상충되는 점이 있다는 것은 대충 알고 있었다. 그리고 그 차이 앞에서 두렵지 않았다. 전혀 두렵지 않았다. 나는 기대감을 갖고 있었다.

많은 입양아들이 자기 친부모를 찾는 이유를 '호기심' 때문이라고 대답한다고 한다. 물론 궁금하고 호기심이 생기기 때문에 친부모를 찾는다는 것도 맞는 말이다. 그러나 단지 '호기심'이라고 하는 말에는 그 의미가 다 포함되지 않는다. 예를 들어 어떤 한국 사람이 미국 화폐를 단 한 번도 본 적이 없다고 하자. 그러나 항상 사람들한테 이런저런 이야기를 들어서 미국 화폐가 어떻게 생겼는지 대충 감은 잡고 있다. 그런데 만일 내가 "미국 화폐를 보고 싶으세요? 지금 제 지갑에 들어 있는데 보여드릴까요?"라고 이야기한다면 "그래요." 하고 대답할 것이다. 하지만 그건 그렇게 강한 호기심은 아니다. 그냥 "그래요. 안될 거 뭐 있어요?"하는 식이다. 미국 화폐를 보는 게 그렇게 중요한 일은 아니기 때문이다. 그것은 별로 중요한 일이 아니다. 안 본다고 해서 무슨 큰일이 나거나 죽는 것이 아니기 때문이다. 설사 미국 화폐를 계속 보지 못한 채 지낸다 해도, 그냥 내일도 "그래. 내가 아직도 미국 화폐를 못 봤지."라고 생각하면서도 아무런 문제없이 행복하게 살아갈 수 있다. 하지만 나처럼 입양된 사람들에게 친부모를 찾는 것은 굉장히 중요한 일이다. '호기심'보다는 '중요성'이라는 말이 더 적절할 것이다. 나의 과거를 재발견하고 나 자신을 안다는 것은 매우 중요한 일이기 때문이다. 자신의 뿌리를 알고자 친부모를 찾는다면 스스로에 관해 많은 것을 발견하는 데 큰 도움이 될 것이다. 따라서 어떤 점에서는 호기심이라고 할 수도 있겠지만 내가 보기에는 중요성이라는 말이 더 적합하다. 이런 생각들이 미국에서 한국으로 날아오는 하늘의 길을 가득 메웠다.

그러나 내 예상과는 달리, 내가 근무하게 된 평택 기지에서 한국 사람들은 나를 미군이라고 생각지 않고 카투사라고 생각했다. 그도 그럴 것이 도무지 내 생김새로는 처음부터 미군으로 보일 리 없었기 때문이다. 나는 카투사가 아니다, 미군이다, 라고 설명했다. 그때야 사람들은 내가 입양되었다는 사실을 알게 되었고, 곧 내가 친부모를 아는지 궁금해 했다. 그때마다 나는 모른다고 대답해야 했다. 나는 한국에 오기 전에 내가 알아볼 수 있는 약간의 정보만을 알고 있었을 뿐이다. 내가 알 수 있는 최대한의 어린 시절의 정보는 고작해야 광주 고아원과 서울 입양기관에 대한 약간의 정보뿐이었다. 하지만 사람들은 나에게 단도직입으로 친부모를 아느냐고 물었다. 나는 항상 모른다고 할 수밖에 없었고, 그럴수록 더욱더 나는 정말 친부모에 대해서, 그리고 나 자신에 대해서 아무것도 모르고 있다는 사실을 실감하게 되었다. 이제는 정말 알아야 한다. 일생일대의 기회를 바보처럼 놓칠 수는 없다. 내 결심은 더욱 확고해져갔다.

나는 누구인가

어디입니까? 아버지, 당신이 계신 곳은……
정말 나를 버리셨습니까?

어린 시절, 다섯 살까지 나는 한국말을 사용했을 것이다. 그러나 이십여 년이 흐른 후에 다시 한국을 찾은 나는 한국말을 단 한 마디도 할 수가 없었다. 까맣게 잊어버린 나의 뿌리처럼, 한국말을 다시 배우는 것은 몹시 힘든 일이었다. 다행히 내게는 카투사 룸메이트 김소영이 있었다. 내가 평택에 간 날, 소영은 논산 훈련소에서 와서 나와 같은 방을 배정받았다. 소영도 영어가 유창하지는 않았지만, 내가 한국말을 전혀 못하는 것보다는 훨씬 나았다. 우리는 가능한 한 쉬운 영어로 말을 주고받고, 발음이 잘 통하지 않으면 종이에 글로 써가며 대화를 나누었다. 서로 사용하기 편하게 가구를 배치하기 위해 옥신각신한 후, 어느 정도 정리가 다 되었을 때였다. 목마른 우리는 음료를 마시며 잠시 앉아서 쉬고 있었다. 눈앞에 종이와 펜이 있었기에 나는 무심코 내 머릿속 깊은 곳에 자리하고 있는 낯선 지명 '광주'의 스펠링을 종이에 써서 그에게 아느냐고 물었다.

"관주? 우리나라에 그런 곳이 있었나?"

그는 고개를 갸웃거리더니 다시 잘 들여다본 후에 중간에 'G' 자를 써넣고는 말했다.

"광주 아니야? 광주가 맞을걸?"

나는 그제야 내가 'G' 자를 빠뜨렸다는 걸 알고는 웃었다.

"가본 적 있어?"

"아니…… 가보고 싶어?"

소영은 내 표정을 살피며, 내게 광주에 가보고 싶냐고 물었다.

"응."

"가보진 않았지만 어딘지는 알아. 나중에 시간 내서 같이 가보자."

그는 친절한 사람이었고, 우리는 함께 웃었다. 소영의 집은 서울이어서 주말에 함께 군에서 나오면 서울 여기저기를 구경 다니고, 아는 사람 집 거실 같은 데서 함께 잠들곤 했다. 그나 나나 별로 불평하는 스타일이 아니었고, 우리는 맘이 잘 맞았다.

나는 미 육군 하사관이자 의료 전문가로서 일했다. 내가 하는 역할은 EMT에 가까운 것이다. EMT는 응급 의료 기술자(Emergency Medical Technician)를 의미한다. 기본적으로 내가 육군에서 하는 일은 전투 도중에 병사들이 부상을 입으면 가능한 한 많이 도와주고 병원으로 이송하는 것이다. 그러나 현재 전투 중이 아니기 때문에 군에서의 생활은 그리 어렵고 힘들지는 않았다.

한국에 온 첫 5개월 동안 소영과 나는 잘 어울려 지냈다. 그동안에 나는 내가 과연 그를 신뢰할 수 있을지, 그가 나를 진심으로 돕고 싶어하는지 가끔씩 의문을 갖곤 하였다. 그가 그냥 "그래, 알았어. 이쪽이야. 내가 길을 알려줄게. 하지만 나하곤 상관없는 일이야."라고 말하는 스타일이었다면, 그 이후의 모든 함께 한 일들은 나에게나 그에게나 전혀 재미없는 일이었을 것이다. 그러나 그는 정말로 진지하고 착한 마음을 가진 청년이었고, 무엇보다 나를 돕는 걸 스스로 즐겨하고 있었기에 나는 전적으로 그를 신뢰하고 나의 모든 마음을 털어놓을 수 있었다.

소영은 만나는 사람마다 내가 부지런하고 성실하다고 말했다. 내가 그를 신뢰하는 만큼 그도 나를 믿고 있다는 것이 기분 좋았다. 그러면서도 그는 나의 말이나 행동에 대해 가끔 의아한 생각이 든다고 말하곤 했다. 내가 입양되었다는 사실을 전혀 거리낌 없이 말하는 것에 대해서 말이다. 소영은 한국 사람들은 입양되었다는 사실을 참 꺼려한다고 했다. 특히 처음 만나는 사람 앞에서 그렇게 아무렇지도 않게 이야기하는 사람은 전혀 없을 거라고 했다. 그리고 오히려 소영 자신이 내가 입양되었다는 말을 누구에게 해야 할 상황이 되면 좀 머뭇거려진다고 했다. 나는 그에게 그가 다른 사람에게 내가 입양되었다고 말한다 해도 나는 전혀 아무렇지도 않다고 말해주었다.

1996년 5월 초여름, 나는 즐거운 마음으로 내 친부모를 찾아보기로 결정했고, 소영이 함께해주었다. 나는 가장 먼저 소영에게 내 어린 시절의 기록에 대해 이야기했다. 내가 나 자신에 관해 아는 건 이것뿐이다, 나는 입양되었고 입양기관에 내 서류가 있다, 이게 그 서류다, 내가 가진 거라곤 이것밖에 없다. 그랬더니 소영은 알 았다며 걱정하지 말라고 했다. 그는 먼저 입양기관에 전화해서 어 떤 사람들과 연락을 취해야 할지 알아보겠다고 했고 헌신적으로 나를 도와주기 시작했다. 나는 양부모님에게서 받은 모든 서류를 그에게 보여주었고, 그는 곧 서울에 있는 입양기관을 찾아내었다. 나는 소영을 통해 그 입양기관에 있는 담당자를 만날 수 있었고 곧 서울의 양어머니와 할머니도 만날 수 있었다. 그러나 그뿐이었다. 그들 역시 내 친가족은 아니었다. 그렇다면 내 친부모는? 나는 생 사가 묘연한 내 친부모를 찾아야겠다고 생각했다.

곧 겨울이 다가오고 있었다. 나뭇잎들은 잎과 열매들을 떨구기 시작했고, 나는 1월에 다시 한국을 떠나야 했다. 그 전에 할 수 있 는 모든 방법은 다 동원해보아야 했다. 나는 가장 파급효과가 크다 고 생각한 신문 매체를 이용하기로 했다. 나는 광주 고아원에 있었 기 때문에 10월에 광주 신문에 기사 신청을 내었다. 그러나 그 기 사는 다음 해 1월이 되어서야 실리게 된다고 했다. 그때는 이미 너 무 늦은 때였다. 그래서 나는 자꾸만 포기하고 싶은 심정이 되었 다. 소영에게 내가 할 수 있는 일은 다 했고, 이제 그만두어야 할 것 같다고 말했다. 좋은 친구 소영은 내게 기분 전환이라도 할 겸 서울 구경이나 더 하자고 했다. 그런데 11월, 12월에 갑자기 모든 일이 급속도로 진행되었다. 생각보다 빨리 광주일보에 기사가 났고, KBS에서 방송 출연 제의가 들어왔던 것이다. 친구 소영에게 TV에 출연하는 것이 아버지를 찾는 데 도움이 될지 의논했다. 소영은 한국에서 전국 방송 매체는 매우 파급 효과가 크다고 했고, 적극적으로 출연하기를 제안했다. 나 역시 마지막 희망이라는 생각에 만약 비용이 든다면 비용마저도 부담할 생각으로 방송에 응했다.

드디어 방송일이 되었고, KBS에 갔을 때 나는 들뜨고 흥분되었다. 아름답고 매력적인 여성이 내게 친절하게 이것저것 물어왔고, 나는 될 수 있으면 즐겁게 방송하고 싶었다. 그곳의 일들은 몹시 흥미로웠고 재미있었다. 그날 방송은 나보다는 TV를 시청하는 사람과 방청객들을 위해 진행되었지만, 나의 이야기를 듣고 많은 사람들이 눈물을 흘리기 시작했다. 그들 모두에게 부모님이라는 존재는 그립고 특별한 존재이기 때문일 것이다. 그들을 보고 나도 가슴이 찡했지만 울 이유는 없었다. 나는 그렇게 그리울 만치 친부모에 대해 잘 알지 못했다. 나는 정말로 그들에 대해 아무런 인상이나 기억을 가지고 있지 않았다. 나는 울고 싶어도 울 수가 없었다. 모르는 사람 때문에 울기란 힘든 일이기 때문이다. 만약 미국에서 나를 오랫동안 사랑하고 키워주신 양부모님이 돌아가신다면 나는 물론 매우 슬프게 많이 울 것이다. 하지만 나는 친부모를 만난 적이 없고, 그래서 울 이유가 없다고 생각했다. 어쨌든 그 당시에는 방송 출연이 친부모를 찾는 최선의 방법이라고 생각했고, KBS 방송에 나가게 된 것은 그때나 지금이나 매우 반갑고 기쁜 일이었다.

그러나 그게 전부였다. 방송이 끝난 후 내 생활은 예전대로 돌아왔고, 마치 아무 일도 없었던 듯이 세상은 바쁘게 돌아갔으며, 내겐 더 이상 아무런 소식도 들려오지 않았다. 마치 세상이 입을 꾹 다물고 있는 듯했다. 나는 소영을 통해 한국에게 내 친가족이 어디 있는지 물었지만, 한국은 내게 대답해주지 않았다. 나는 그 대답을 듣지 못한 채 1997년 1월 8일 한국을 떠나야 했다. 1996년 1월 9일에 한국에 왔다가 정확히 1년 뒤에 다시 미국으로 떠나야 했던 것이다.

내가 다시 미국으로 떠날 때, 소영은 내게 한국으로부터 배신당한 기분이 들지 않느냐고 물었다. 소영도 나와 함께 들인 노력에 비해 성과가 없었기에 약간은 실망했기 때문일 것이다. 나의 대답은 당연히 "노 No"였다. 나는 화가 난 게 아니라 축복받은 기분이었다. 나는 양어머니와 할머니를 만났으며, 또 소영의 가족도 만날 수 있었다. 그의 가족은 나를 마치 아들처럼 대해주었다. 소영의 아버지와 어머니는 나를 아들처럼 안아주었고, 나는 그들로부터 더 이상 바랄 것이 없을 정도로 좋은 기분을 느낄 수 있었다. 그러는 동안 나는 속초, 설악산, 광주, 부산, 대구 등 한국의 여러 곳을 돌아볼 수 있었다. 그것으로 만족할 수 있었다. 나는 그저 친부모를 찾아보러 온 것이기 때문이다. 내가 원한 것은 처음부터 그것뿐이었던 것이다. 물론 친어머니나 친아버지, 아니면 그 외의 다른 가족이나 그 흔적만이라도 발견할 수 있었다면 금상첨화였을 것이다. 더 큰 축복이었을 것이다. 그러나 나는 솔직히 크게 기대하지 않았다. 좀더 솔직히 표현하자면 기대를 갖지 않으려고 나 스스로 내 마음이 들뜨는 것을 경계했는지도 모른다. 어디까지 기대해야 좋을지 몰랐고, 뭔가 많은 것을 기대하면 실망하고 말 거라는 생각에 내 마음을 처음부터 다스려왔던 것이다.

　미국으로 돌아간 후, 나는 내가 한 일을 여러 번 다시 생각하게 되었고, 도와준 분들에게 감사해야겠다고 생각했다. 그래서 입양기관의 담당자에게 감사 편지를 썼다. 또 양어머니와 할머니께도 잘 지내고 있다는 편지를 썼다. 입양기관의 담당자는 고맙게도 내게 미안하다, 아직도 아버지에 대해 아무런 소식도 듣지 못했다는 내용의 답장을 보내주었다. 그 답장은 오히려 내가 미안한 마음이 들 정도로 정중했다. 나는 그들 모두로부터 애정을 받고 있었고 너무나 감사할 뿐이었다. 나는 잘 지냈고 만족했으며 또 무척 바쁜 생활을 보내고 있었다. 특수부대에서 근무하고 있었기에 태국 등지를 돌아다니느라 정신이 없었다. 그러는 동안에도 소영과 계속 편지로 연락을 주고받았다.

아버지의 편지

당신입니까?
진정 당신이 맞습니까…….

그 로부터 3년이 지난 뒤였다. 소영은 한국에서 일 년을 같이 보냈지만 그후로도 쭉 내게는 잊지 못할 좋은 친구였다. 2000년부터는 소영과 이메일로 연락을 주고받았다. 그런데 1월, 나는 소영으로부터가 아니라 양어머니로부터 놀라운 소식을 들었다. 전화를 통해 들려오는 양어머니의 음성은 흥분으로 미세하게 흔들리고 있었다.

"시카고에서 루시 박이라는 분이 오셨다. 그분은 소아과 의사인 가…… 아무튼 의사인데, 네 친아버지가 살아 있다는구나. 네 친아버지가 살아 있고, 너와 이야기를 하고 싶어한단다."

"뭐라구요?"

나는 믿을 수가 없었다. 다급한 대로 생각지도 않은 말문이 터졌다.

"친아버지가 어디 계신대요?"

"한국에 계신대. 루시 박이라는 분이 네 친아버지를 찾았다는구나."

"알았어요. 어머니. 루시 박이라는 분의 전화번호를 알려주세요. 제가 전화해볼게요."

나는 전화를 끊자마자 전혀 일면식도 없는 루시 박이라는 의사에게 전화를 걸었다. 제대로 인사말도 건네지 못한 채 도대체 이게 무슨 일이냐고 물었다. 루시 박이라는 분은 약간은 불완전한 영어

로 말했지만, 나직한 음성으로 또박또박 대답해주었기에 대화가
가능했다. 그러나 루시 박의 어투에는 단지 영어를 완전히 구사하
지 못하는 머뭇거림 외에 무언가 꺼리는 듯한 게 있어 아버지가 잘
지내지 못하시는 듯한 인상을 풍겼다.

"그분은 분명히 살아 계세요. 하지만 그리 건강하지 못하세요."

"아!……."

나는 잠시 무슨 말을 해야 할지 알 수 없었다. 잠시 내 가슴이
거칠게 뛰는 것을 느꼈다. 나는 곧 지푸라기라도 잡듯이 재빨리 외
쳤다.

"제가 그분과 연락할 수 있나요? 그분이 저한테 편지를 쓸 수
있나요?"

"…… 그분은…… 그분은 당신이 자기 아들이라고 말씀하셨어
요. 저도 확실히는 잘 모르지만, 그분이 당신에게 편지를 쓸 수는
있을 거예요."

"저에게 편지를 써달라고 말씀해주세요. 아니, 제가 이렇게 부
탁드려도 괜찮겠지요?"

"물론이죠."

"제 주소를 알려드릴게요. 죄송합니다. 아니, 감사합니다. 제 주
소는……."

나는 주소와 그 밖에 필요한 모든 것을 알려드렸다. 그리고 나

는 나의 친아버지에게서, 아니, 친아버지라고 주장하는 어떤 사람으로부터 편지를 받기 시작했다. 그러나 나는 무척 신중을 기했다. 누구나, 심지어 이 책을 읽는 독자인 당신조차도 나에게 편지를 쓰면서 내가 당신 아들이라고 주장할 수 있기 때문이다. 나는 아무것도 몰랐기에 신중하지 않을 수 없었다.

아버지는 물론 한국말로 편지를 써서 보냈다. 나는 그것들을 읽을 수 없었고, 번역이 필요했다. 당시 나는 포트 브라이드의 특수 부대에 있었고, 그곳의 학교에 가면 랭귀지 랩에 여성 강사인 미스 남연 머로가 계셨다. 그분에게 찾아가 나의 사정을 말씀드리고 편지를 보여드렸다. 그 분이 조용히 편지를 읽으면서 눈물을 흘리는 것을 보고 나는 그 편지가 특별한 편지라는 것을 알았다. 나는 조바심이 나서 다급히 말했다.

"나는 이 편지에 있는 단 한 글자라도 놓치고 싶지 않아요."

"이해해요."

미스 남연 머로는 눈물을 닦으며 최선을 다하겠다고 말했다.

나는 그 편지의 내용에 대한 호기심 때문에 마음이 급해졌고, 순간 만감이 교차하는 것 같았다. 현실인지 꿈인지 구분이 안 갈 정도였다. 편지의 내용을 알기도 전에 편지 봉투에 한국 우표가 붙어 있다는 이유만으로도 나는 그것이 아버지의 편지가 확실하다고 생각했다.

미스 남연 머로는 43세 정도 되는 여성이었는데, 내 처지를 딱하게 여겨 전화번호를 적어주면서 필요할 때는 언제든지 연락하라고 했다. 메모지에는 휴대폰 전화번호까지 적혀 있었고, 몇 시든지 상관하지 말고 편지를 더 받으면 그 즉시 전화를 하라고 했다. 언제든지 기꺼이 번역을 해주겠다고 말이다. 그리고 얼마 후 나는 미스 남연 머로로부터 편지의 번역본을 받을 수 있었다. 미스 남연 머로는 내게 편지를 건네주며 말해야 한다고 결심한 듯 아버지가 형무소에 계시다고 또박또박 말했다.

"뭐라구요? 뭐라구요?"

나는 믿을 수가 없었다. 그것은 상상도 못한 일이었기 때문이다.

"왜요? 무슨 일로요?"

그러나 편지에는 범죄에 대해 자세히 적혀 있지는 않다고 했다. 나는 충격을 받았고 생각을 수습할 수 없었지만 일단은 편지를 읽어내려갔다.

"진철이에게……. 내가 찾는 도진철이가 확실하다 믿기 때문에 오늘까지……."

이렇게 시작하는 첫 번째 편지에는 아버지 자신에 대한 모든 정보가 들어 있었다. 아버지는 1949년 6월 10일에 태어났고, 절에서 자랐으며, 양아버지를 통해 새로운 신분을 얻게 되었다고 했다. 원래 북한에서 남한으로 넘어왔기 때문에 주민등록이 없었는데, 양 아버지의 아들이 되면서 이름도 바꾸고 확실한 신원을 얻게 된 것이다. 23세에 군에 입대했고 교통사고를 당해 엉덩이에 부상을 입었다는 이야기도 씌어 있었다. 친어머니에게는 부모님이 계셨지만, 어머니 역시 어떤 이유에서인지 아버지처럼 고아원에서 지내셨다고 한다. 아버지는 어머니와 8개월 동안 헤어져 살아야 했고, 내가 어머니를 더 닮았다고도 씌어 있었다. 나는 서울의 영등포에서 1972년 7월 22일 오후 2시에 태어났으며, 그 날은 아버지가 군에 복무하러 가기 5일 전이었다고 한다. 그 외에도 1949년에 북한에서 태어난 아버지는 1950년 한국전쟁을 겪으며 남한으로 내려왔다고 씌어 있었다.

두 번째 편지는 소영이 번역해주었다. 그 여성 강사님에게 다른 편지의 번역을 부탁할 시간이 없었기 때문이다. 두 번째 편지는 주로 아버지가 저지른 범죄에 대해 용서를 구하는 내용이었다. 세 번째 편지는 내 친어머니에 대한 내용이 주를 이루고 있었다.

나는 진실을 알고 싶었다. 나에게 편지를 쓰고 있는 어떤 낯선 사람을 의심하고 시험한다기보다는 단지 그 사람이 정말 진실을 말하고 있는 건지 알고 싶었다. 그래서 소영에게 연락을 했다. 어떤 상황인지 확실히 알려주기 위해서는 이메일보다 전화가 나았다. 그리고 소영은 나 대신 아버지가 있다는 형무소라든가 관련된 사람들에게 연락을 취했다. 소영은 나 대신 이리저리 뛰었고, 최선을 다해 아버지의 족적을 찾아냈으며, 곧 그분이 내 아버지라고 주장하고 있다고 알려주었다. 그러는 동안 아버지는 내게 총 다섯 통의 편지를 보냈다.

나는 그 편지를 보면서 '내가 무엇을 어떻게 해야 할 것인가' 하고 여러 번 자문했다. 돌아보니 나는 한국에 있을 때 최선을 다했다고 생각했고, 그것으로 만족하고 돌아왔지만, 사실 내가 한 일은 십 퍼센트의 노력이었을 뿐이었다. 막상 아버지의 편지를 받고 보니 모든 것은 십 퍼센트의 노력 뒤에 저절로 이루어졌을 뿐이라는 생각이 들었다. 그렇게 외부로부터 낯설게 다가온 이 일에 대해 어떻게 행동해야 할지 나는 머뭇거리고 있었던 것이다.

생각다 못한 나는 양어머니에게 친아버지로부터 온 편지를 읽어드렸다. 내 인생의 가장 든든한 버팀목이기도 한 양어머니는 그것이 하느님의 계획이며 나의 운명이라는 것을 깨닫게 해주셨다. 그리고 내가 미처 깨닫지 못했던 증거들을 보여주셨다. 아버지가 쓴 편지에는 내가 1972년 7월 22일에 태어났다고 씌어 있었는데, 계산해보니 한국은 태어나기 전 9개월도 나이로 넣기 때문에 미국 나이로는 27세인 내가 한국 나이로는 28세였다. 내 생일은 4월인데, 7월부터 4월까지 계산해보니 딱 9개월의 시간 차이가 있었다. 내 생부라고 주장하는 사람이 그 사실을 어떻게 알았겠는가. 만약 그가 내 생부가 아닌데 그것을 맞힐 수 있었다면 그는 정말 머리가 좋은 사람일 것이다. 어떤 머리 좋은 죄수가 나를 이용하여 감옥에서 나오려고 속임수를 쓰는 것일지도 모른다. 그러나 그렇게 나쁘게 생각할 수만은 없는 것이, 생부는 내 사진까지 가지고 있었다. 이는 운명이며 결코 우연이 아니었다. 그가 내 어릴 적 사진을 우연히 길에서 주웠을 리는 없을 것이기 때문이다. 그가 내 생부가 아니라면 어떻게 내 사진을 가지고 있겠는가. 그가 내 생일이 7월이라고 맞힌 것은 우연이 아니다. 1부터 12까지의 숫자 중에 하필 7을 택할 이유는 전혀 없기 때문이다. 양어머니는 이 모든 것들이 우연이 아니며, 한국에 가서 그를 만나보아야 한다고 말씀하셨다. 양아버지도 같은 말씀을 하셨다.

2000년 2월 아버지로부터 첫 편지를 받았을 때 나는 핵심과목 이수를 해야 했다. 핵심과목은 졸업을 하기 위해 반드시 필요한 과목이다. 그래서 나는 양아버지에게 이런 중요한 과목을 이수하지 않고 학교를 포기하는 것은 어리석은 짓이라고 말씀드렸다. 그랬더니 양아버지는 내 고민에 대해 명쾌한 답을 주었다.

"핵심과목은 앞으로 이십 년 후, 백 년 후에도 있을 게다. 그러나 네 친아버지는 바로 다음 주에 돌아가실 수도 있어. 학교를 포기하라는 게 아니다. 나는 단지 네가 네 친아버지를 만날 수 있는 이런 중요한 기회를 놓치지 말았으면 하는 생각이 드는구나."

그리고 양부모님은 한국에 가기 위해 드는 모든 비용을 주겠다고 하셨다. 양부모님의 이러한 적극적인 도움은 내 삶의 바퀴를 다시 한 번 돌려놓았다.

하지만 나는 그 즉시로 한국으로 떠나지는 않았다. 특수부대 요원으로서 자격 코스를 거치느라 무척 바빴기 때문이다. 다만 내 친아버지에게 2000년 3월쯤 한 통의 편지를 보냈다. 특별한 내용은 아니었다. 나는 이렇게 생겼다, 나는 이러저러한 성격을 지니고 있고 이러저러한 일을 하는 사람이다, 잘 지내셨으면 좋겠다, 뭐 그런 내용이었다.

"아버지, 이게 제 모습이에요······. 아버지의 편지를 받았어요. 감사합니다. 계속 잘 지내시기를 바라요. 기회가 되면 찾아뵙고 싶어요······. 아버지의 상황이 괜찮기를 바라요. 양심의 가책을 느끼지 마세요······."

그 편지에, 당신이 정말 내 아버지인가, 나는 당신을 완전히 믿을 수는 없다, 는 등의 말은 쓰지 않았다. 그냥 단지 나에게 계속 편지를 보내달라고 했다. 그러면서도 나는 내 삶이 흘러가고 있는 방향에 대해 계속 의문을 품지 않을 수 없었다. 도대체 무슨 일이 일어나고 있는 것인가. 이렇게 자격 코스를 거치느라 힘든 시기에, 이렇게 어려운 일이, 풀어야 할 숙제가 닥쳐오는 것은 내 인생에서 무엇을 의미하는가. 이 모든 일들이 정말일까? 진실일까? 혹시 거짓이 아닐까?

　나의 마음은 좀처럼 가라앉지 않았으며, 허공에 붕 뜬 채 하루 하루를 보내야 했다. 어쨌든 방법은 가능한 한 많은 정보를 얻어 생각해보는 수밖에 없었다. 지금 나에게 친어머니는 있는지, 왜 아버지의 편지에 친어머니가 현재 어떻게 지내고 계신지에 대한 이야기는 빠져 있는지 궁금했다. 그에 대해 묻자 아버지에게서 어머니가 돌아가셨다는 내용의 답장이 왔다. 그 반쪽의 허망함을 손에 들고 나는 깊은 한숨을 내쉬었다.

사형수, 나의 아버지

감옥에 있는 당신을 상상해본 적은 한 번도 없습니다.
그러나 그 운명을 받아들입니다. 아버지······.

나는 축복받은 사람이다. 좋은 환경에서 현명한 양부모님과 사랑 많은 형제 자매, 친구와 함께 살아왔다. 그리고 내가 행복할 수 있었던 것처럼, 나도 누군가에게 그렇게 해주고 싶다. 그래서 나는 감옥에 있는 아버지를 만나기로 결심했다.

아버지는 내가 친아들인지 확인하기 위해서 단 한 번만이라도 만나고 싶다고 편지에 전해왔다. 그래서 나는 7월에 한국에 가기로 결정했고, 아버지를 만날 수 있도록 요청했다.

내가 감옥에서 아버지를 만나야 하는 점에 대해 사람들은 나를 안쓰럽게 여겼다. 그리고 조심스럽게 그런 아버지가 진짜 아버지가 아니길 바라고 있지는 않은지 물었다.

아마 그 때문에 처음 아버지의 소식을 전해준 시카고의 루시 박 선생님도 내게 아버지가 죄수라는 사실을 말하지 않았는지도 모른다.

그러나 모든 사람이 그렇게 아버지에 대해 말하기를 꺼려할 때, 아버지는 내게 보낸 두 번째 편지에서 자신이 죄수라는 것을 고백했다. 아버지는 남자답게 스스로 죄수라는 사실을 밝힌 것이다. 아버지는 내게 그 부끄러운 일을 숨기지 않았다.

내가 만약 아버지가 죄수라는 사실을 모르는 상태에서 기대감을 갖고 한국에 왔고, 왜인지도 모르는 상태로 교도소에서 아버지를 만났다면 분명히 화가 났을 것이다. 그러나 나는 한국에 오기 전에 아버지를 감옥에서 만날 거라고 생각하고 있었다. 이미 아버지가 그렇게 말씀하셨기 때문이다.

그러나 아버지는 편지에 죄명이 무엇인지 자세히 쓰지는 않았다. 그냥 아주 나쁜 죄를 저질러서 감옥에 가게 되었다고만 했다. 나는 아버지가 죄수이며 감옥에 있다는 것, 그 사실만으로 아버지에 대해 나쁘게 여기거나 하지 않았다. 왜냐하면 자신이 죄수라는 것을 떳떳이 밝힐 수 있는 사람은 진정한 사나이라고 생각했기 때문이다. 나는 아무것도 두려워하지 않았다. 그보다는 오히려 아버지의 건강이 염려스러웠다.

아버지 스스로 편지에 건강이 좋지 않다고 쓰셨고, 다른 관련된 분들도 모두 그렇게 이야기했기 때문이다.

어쨌든 내게 살아 있는 친가족이라곤 아버지 한 분밖에 없었고, 그 때문에라도 그를 꼭 만나야 했다. 내가 아버지를 부끄럽게 여길 거라고 생각하는 사람들이 있다면, 오히려 나는 그들을 부러워해야 할는지도 모른다. 그들은 부모에 대한 사랑 때문에 부모의 잘못에 대해 부끄러움도 느낄 수 있는 것이기 때문이다.

내가 아버지가 죄수라는 사실에 대해 부끄러움을 느끼지 않은 것은 어쩌면 아버지에 대한 친밀감이 거의 없기 때문인지도 몰랐다.

마치 모르는 남이 죄를 지은 것에 대해 내가 부끄러워할 필요가 없는 것처럼 말이다. 너무 냉정한 말인 것 같지만 사실이었다. 다른 점이 있다면, 전혀 모르는 남이 죄를 지었다면 나는 그와 가까이 지내지 않겠지만, 그가 아버지라는 점 때문에 나는 그를 만나야 한다는 것뿐이다. 아버지는 범죄를 저질렀고, 그 때문에 그의 영혼은 가난하며 스스로 자신감이 없다. 그것은 어떤 죄수들이나 마찬가지일 것이다. 범죄자는 스스로를 귀하게 여기는 마음이 없기 때문에 죄를 저지른 것이며, 그런 사람들은 불쌍한 사람들이다. 이런 생각이 들자 아버지에 대한 부끄러움이나 미움보다는 오히려 측은함에 마음이 젖어드는 것을 느낄 수 있었다.

처음 아버지를 만나던 날, 모든 상황은 기대했던 것과는 달리 나를 무척 힘들게 했다. 방송사의 취재진들이 생전 처음 만나는 우리를 에워쌌고, 여기저기서 플래시가 터졌다. 그들은 우리가 좀더 극적인 장면을 연출하기를 원했고, 내게 일일이 행동을 지시했다. 우리가 격정적으로 껴안기를 원했으며, 사랑스럽게 어루만지기를 원했다. 내게 이쪽으로 오라, 저쪽으로 가라고 지시했고, 아버지에게 절을 하라고 시켰다. 나는 절하는 법을 몰랐고, 그들은 나를 가르쳤다. 그곳에 취재진이 있으리라고는 생각지 못했기에 나는 당황했고 불편했다.

나는 최대한 아버지를 자연스럽게 만나고 싶었던 것이다. 그는 아버지였고 나는 아들이었으며, 우리는 자연스럽게 만나야 했다. 그러나 그 당시의 상황은 너무나 부자연스러웠다.

취재진들은 아버지와 내가 부둥켜안고 울기를 바랐는지도 모른다. 그러나 아버지도 나도 눈물은 흘리지 않았다. 사실 나는 자주 우는 편이다. 드라마나 영화 속에서 아이들이 다치거나 상처 입는 것을 보면 자주 눈물을 흘린다. 그러나 그 날은 도무지 눈물이 나지 않았다. 아버지가 다가오는 첫 모습에 "아버지"하고 부르짖으며 달려갈 수 없다는 것은 내게도 고통스런 일이었다.

아버지라고 내게 걸어오는 사람은 생전 처음 보는 사람이었으며, 특별한 병이 있거나 고행을 하는 사람처럼 비쩍 마른 모습이었다. 게다가 내 아버지라고 생각하기에는 나와 너무나 닮지 않은 얼굴이었다. 어떻게 울 수가 있었겠는가.

나는 그저 번쩍이는 플래시 속에서 머릿속이 하얘진 것처럼 아무런 생각도 못한 채 그렇게 멍하니 모든 상황을 지켜만 보고 있을 수밖에 없었다.

보도진들이 시킨 모든 행동들을 한 후에 내 옆에 앉은 아버지는 아무 말 없이 손을 펴 내 손을 만지셨다. 그리고 아버지의 손과 내 손을 쫙 펴보셨다. 신기하게도 손금이 거의 똑같았다. 사람들은 아버지와 내 손바닥의 손금을 클로즈업하며 플래시를 터뜨렸다.

나는 거의 어찌해야 할 바를 몰랐다. 정신이 없었다는 것이 옳을 것이다. 솔직히 말해 나는 아버지를 충분히 반갑게 대하지 못했고 그것이 이후에도 내내 죄송했다.

그러나 아버지는 그렇지 않았다. 아버지는 그 만남을 위해 오랫동안 설레며 기다리셨던 것이다. 내 이름을 되뇌며 아버지라고 나서야 할지 말아야 할지를 망설이며 오랜 세월을 보냈고, 어색한 글쓰기로 자신의 삶의 누추한 모든 모습을 부끄러움을 무릅쓰고 여러 통의 편지에 적어야 했다.

지나온 고통스런 세월을 반추해야 했던 아버지는 차디찬 감옥 속에서 하얀 종이를 펼쳐 놓은 채 얼마나 가슴이 아프셨을까. 게다가 다른 사람도 아닌 아들에게, 죄 지은 자의 심정으로 무릎 꿇고 편지를 쓴 그 아버지가 아니었던가.

그러나 아들은 그렇게 머쓱하게 서서 '정말 내 아버지입니까?' 하는 의심의 눈으로 당신을 쳐다보고 있었으니 말이다. 그런데도 아버지는 그럴 수밖에 없는 내 심정을 인정하셨고, 당신의 아들이 그렇게 된 데 대한 모든 책임을 스스로에게 돌린 채 아픈 가슴을 소리 없이 쓸어내야 했던 것이다.

아버지는 우리의 어색한 만남에 대해 나중에 쓴 편지에서 이렇게 말씀하셨다.

'진철아. 너를 처음 만났을 때 서로 말이 통하지 못해 가슴이 터져나가는 고통을 참아야 했다. 이역만리 생애 처음으로 부모를 만나러 왔는데…….'

가슴이 터져나가는 고통……. 시간이 흘러 그 편지를 읽고 나서야 나는 눈물을 흘렸다. 아버지는 처음부터 아버지였으나 나는 나중에야 아들이 된 것이다.

나는 아버지를 처음 만난 날, 비로소 아버지가 사형수라는 것을 알았다. 그 전에는 그저 죄수라고만 알고 있었지 사형수인지는 몰랐던 것이다. 그 사실은 내게 슬프다기보다는 너무나도 충격적인 일이었다. 나는 아버지의 생명을 구하기 위해서 내가 무슨 일을 할 수 있을지 생각했다. 그가 내 아버지이건 아니건 간에 나는 내 앞에 있는 사형수의 생명을 구하고 싶었다.

아버지는 내게 편지를 띄우기 오래 전부터 나의 존재를 알고 있었다고 한다. 아버지는 죄를 지은 뒤에 서울에서 재판을 받고 나서 수감 생활을 하다가, 사형수들을 각 도별로 분산시키던 정책에 따라 1996년도 3월경에 광주로 내려왔다. 광주 교도소에서 수감 생활을 하던 중에 감옥에서 우연히 전남일보를 보다가 '부모를 찾습니다'라는 난이 눈에 띄었다고 한다.

사실 감옥 안에서는 신문을 받아볼 수 없는데, 어떻게 우연히 뒤로 들어온 신문을 보았다고 하니 정말 운명이 아닐 수 없었다.

"처음에는 그냥 누가 부모를 찾나 보다 했지. 그런데 그 이름이 '도진철'이라고 씌어 있었어. '도진철이, 도진철이······.' 하다 보니, 내가 지은 이름하고 같은 거야."

아버지는 진철이라는 이름에 놀라 신문에 씌어 있는 내력을 꼼꼼히 읽어보았다고 한다. 그리고 거기에 실린 나의 아기 때 사진을 보니 아버지가 평생을 가지고 있었던 사진과 똑같은 사진이었다는 것이다. 그래서 날짜를 따져보고, 또 어머니의 성씨가 도씨인 것을 따져보니, 내가 아버지의 아들임이 틀림없다는 확신이 들었다고 한다. 그래서 광주에 있는 입양기관 〈행복원〉을 통해 미국으로 입양되었다는 사실을 확인하고 그곳 담당자에게 문의했다.

그러나 입양 담당자는 아버지가 사형수임을 알리는 것은 아들에게도 좋지 않으니 나서지 않는 게 좋겠다고 했단다. 충분히 그럴 만한 일이다.

"그때만 해도 사형수들, 사형 집행이 많았던 때라 나도 괜히 만나봤자 마음만 상하겠거니 하고 그냥 있었지······. 밖의 사람들도 다 연락 안 하는 게 좋다고 하고······. 그래서 나도 그냥 포기했었다. 괜히 너에게 상처만 줄까봐······."

아버지는 그렇게 나의 흔적을 가슴에만 품고 계시기로 작정한 것이다. 그렇게 아버지가 감옥에서 나를 품고 사셨을 때, 보이지 않는 말 못할 사랑, 그 짝사랑과 같은 사랑을 오랫동안 품고 계실 때 나는 아무것도 모르고 있었다는 걸 생각하면 가슴이 찡하게 울려온다.

그렇게 날짜가 가고 시간이 흘러 3년이라는 세월이 지났다. 그러다 보니 세상이 바뀌었고, 사형 집행도 줄어든 데다가 아버지의 건강도 점점 좋지 않게 되어 정말 영영 다시는 만나지 못하게 되는 것보다는 한 번 연락이라도 해보는 게 좋겠다는 마음이 들더라는 것이다. 아마도 아버지 혼자만의 사랑은 스스로 성숙하여 죄에 대한 용서를 구하고 스스로 부끄러움을 녹아내리게 했는지 모른다. 그러던 차에 밖에서 자주 진료 들어오는 의사 선생님이 계셔서 말씀드려보았다고 한다. 그랬더니 그 분이 미국에 있는 친구, 루시 박 선생님께 연락을 해서 결국 나에게까지 아버지의 소식이 전해지게 된 것이다.

운명은 나를 찾아왔고 나는 그것을 받아들여야 했다.

나를 알고도 연락하지 않고 지낸 3년이라는 세월 동안 아버지가 얼마나 많은 회한과 후회, 망설임의 나날을 보냈을지 나는 마음이 아팠다. 하지만 아무리 상상해보아도 아버지의 아픔이 어느 정도였을지는 다 헤아릴 수가 없다. 그저 어렴풋이 아들을 찾지 못하고 꾹 참고 지내야 하는 마음 오죽했으랴 싶을 뿐이다. 그러나 아버지를 만나고 난 뒤 나는 아버지의 감정을 한순간에 느끼고 받아들일 수 있었다.

내 또 다른 가족

한 사람은 다른 사람의 일부다.
나 역시 많은 다른 사람들의 일부가 아닌가······.

아버지를 만나고 난 후, 나는 어지럽혀진 마음을 가라앉히기 위해 나의 또 다른 가족을 찾아갔다. 7월 29일, 한국의 7월 말 날씨는 정말 무척이나 덥다. 어떤 날은 텍사스의 사막 한가운데에 와 있는 것 같다. 내가 방문한 곳은 해외로 입양되기 전에 9개월 가량 살았던 위탁가정이다. 해외로 입양될 아이들은 입양기관으로부터 위탁을 받은 보모에게서 한국에서의 마지막 보살핌을 받는다. 나도 입양이 결정된 뒤 서류상의 절차가 진행되는 9개월 가량 위탁가정(foster home)이라고 불리는 양어머니 댁에서 살았다. 9개월이면 꽤 긴 시간이었다. 그 당시 나는 대개의 입양아들보다는 나이가 훨씬 많았다. 그래서 양어머니와 함께 살았던 기억을 지금까지 어렴풋이나마 간직하고 있다. 나는 나보다 너댓 살 많은 누나와 함께 많은 시간을 보냈다. 양어머니라고 부르는 위탁모 아주머니보다 누나를 더 어머니처럼 따랐던 것 같다. 양어머니와 누나를 다시 만날 생각을 하니 아침부터 조금 마음이 설레였다.

"진철아, 어서 와라. 우리도 텔레비전 다 봤다."

양어머니는 내 손을 덥석 잡으며 인사를 했다.

"안녕하셨어요? 어머니. 어머니는 지금 유명인의 손을 잡고 계십니다. 사인해드릴까요?"

나는 웃으며 농담을 하며 양어머니를 반갑게 살짝 보듬었다.

"네 아버지가 그렇게 되다니……. 정말 마음이 아프다……."

한국의 전통적인 가치관을 갖고 있는 양어머니는 보자마자 아버지 애기를 꺼냈다. 나는 그저 웃었다. 한국 사람들은 나를 보면 아버지가 사형수라는 사실을 가장 먼저 떠올리는 모양이었다.

"그런데 어머니, 우리가 살던 집은 지금도 거기 있나요?"

나는 화제를 20년 전으로 돌렸다.

"아, 거기는 지금 철거되어 아파트로 변했단다. 정말 서울은 많이 변했지."

"그랬군요. 집들이 빙 둘러서 사각형 모양을 그리고 있었죠? 우리가 그 한쪽에 살고 있었잖아요. 그 한가운데 우물인가 분수 같은 게 있었고요. 매일같이 어떤 여자가 나와서 그곳에서 얼굴을 씻었던 기억이 나요. 방 한구석에 누워서 뒹굴고 있거나 한쪽 구석에 있는 작은 텔레비전을 봤던 것도 생각나고요."

"맞다, 네가 거기에서 잤어. 네 말이 맞다."

양어머니는 내가 아직도 기억하고 있는 것이 대견스러운 듯 손뼉을 치셨다. 나는 목이 메이는 것 같았다. 나는 이제까지 자라오면서 그게 전부 꿈이라고 생각했다. 자라면서 항상 같은 꿈을 꿨고, 그 꿈은 때론 아주 멋있었다.

누나는 벌써 결혼을 해서 남편이 있었다. 나는 누나와 매형과 반갑게 인사를 나눴다. 매형과는 첫 대면인데도 왠지 낯설지 않았다. 누나와의 9개월이 한국에서의 내 마지막 생활이었기에 내게 강한 인상을 남긴 모양이었다. 누나와 결혼한 사람이라면 나와도 형제라는 생각이 들 정도였다. 누나가 아기를 안고 있는 모습이 20년 전 나를 보살피던 모습처럼 느껴진다. 사실 그때는 나도 누나도 작은 꼬마에 불과했을 테지만 지금의 모습을 고스란히 축소하면 그때의 모습이 그려진다. 나는 아기를 받아 번쩍 들어 올렸다.

"아가야, 자다가 깼구나. 삼촌이야."

나는 아기의 얼굴에 내 얼굴을 비비며 뺨에 마구 키스를 퍼부었다. 아기는 내가 어르는 게 서툴기 때문인지 울음을 터뜨리고 말았다.

"얘가 잠이 덜 깨서 그래."

누나는 괜히 나에게 미안한 듯 변명을 하며 아기를 다시 들어올렸다.

"너 텔레비전에서 큰절 하는 것 봤어. 미국인이 절 하니까 좀 우습기도 하고……. 그래도 보기 좋았어."

"전통이잖아요. 아버지 만났으니까 큰절 했죠. 나도 좋았어요. 처음 하는 건데도 왠지 어렵지 않았어요. 그냥 쉽게 하게 됐어요. 나도 한국인이라서 그런가?"

"그거야 당연하지. 근데 너네 아버지 잘생기셨더라. 너랑 닮았더라구."

"땡큐. 아버지랑 아들이 똑같죠? 하하하."

나는 아버지와 내가 닮았다는 말을 듣자 기분이 확 밝아지는 느낌이었다. 이런 말을 들을 때면 내가 아버지를 만났다는 사실이 새삼 피부에 와닿는다. 미국의 양아버지와 있을 때는 그분을 너무나 사랑하는 것과는 별개로 우리가 서로 결코 닮지 않았다는 사실을 뼈저리게 느끼곤 했었으니까 말이다.

"누나, 나 처음 봤을 때 알아볼 수 있었어?"

나는 누나에게 물었다.

"얘, 네가 무슨 스타라고 알아보니? 여기를 거쳐 간 애들이 너하나뿐인 줄 아니? 어머니가 위탁모 일을 하셔서 여기를 거쳐 간 아이들이 얼만데? 네가 몇 년 전에 여기 살았던 누구라고 하니까 알지. 입양기관에서 네 이름이 진철이었다고 해서 알았어. 그때는 이렇게 덩치가 크게 될 줄 알았겠니? 그냥 꼬맹이였는데."

누나는 그때의 내 모습이 떠오르는지 씩 웃었다.

20년 전, 말 그대로 강산이 두 번 바뀐 뒤 서로 만났으니 못 알아보는 게 당연하다.

"덩치야 매형이 더 좋은걸."

나는 괜히 매형을 걸고 넘어갔다.

"무슨 소리, 난 딱 표준이라고."

매형은 자기를 뚱뚱하다고 말한 것으로 알고 손사래를 쳤다.

모두들 한바탕 웃었다. 나는 괜히 누나의 아기를 붙들고 장난을 쳤다. 아기는 아직 내가 익숙하지 않아서 조금만 건드려도 삐죽거리며 울음을 터뜨릴 태세였다. 양어머니는 부엌에서 음식을 만들고 있었다.

양어머니는 음식을 만들면서 계속해서 아버지 이야기를 했다.

"목요일날 나온다구 해서 텔레비전을 봤다. 손 꽉 붙잡고 있는 거 보니까 너무 가슴이 아프더라. 정말 가슴이 아팠어. 아버지도 잘 생겼더라구. 불쌍하지, 불쌍해. 부모 찾으려고 그렇게 애를 많이 썼는데 찾고 보니 그 지경이라……. 네가 우리 집에 들른 게 삼년 만 아니냐. 네가 다녀가고 난 뒤 지하철역에 내려가서 간다고 인사했을 때는 눈물방울이 떨어지더라. 한 삼 일을 그렇게 가슴이 아프더라구. 그래도 네가 연락을 자꾸 해주니까…… 이렇게 좋구나."

양어머니는 위탁모 생활을 하면서 아이들을 다섯, 여섯 명씩 맡아 기르셨다. 그런 세월들이 양어머니의 입에서 긴 실타래처럼 풀려나왔고 간간이 섞는 한숨이 애잔하고도 가슴 아프게 느껴졌다.

"처음에는 진철이라는 이름만 듣고는 기억이 안 났어. 그런데 얼굴 보니까 옆모습이 그 어린 시절이나 지금이나 딱 닮았거든."

양어머니는 익숙한 솜씨로 말하면서 동시에 상을 차렸다.

그동안 나는 양어머니의 말에 귀를 기울이면서도 아기와 침대에 누워 장난을 쳤다. 아기는 이제 막 자고 일어나서 기분이 썩 좋지 않아 잘 놀지 않았다. 아직 얼굴에 반쯤 잠이 묻어 있었다.

"원래 되게 잘 노는 앤데. 지금은 막 자고 일어나서…… 잠 다 깨면 좋아서 난리일 거야."

누나는 아기가 즐겁게 놀지 않아서 여러 번 내게 미안하다는 듯이 얘기를 했다. 나는 아무래도 좋았다. 어린 시절 나를 잘 돌봐준 누나의 아기를 지금 내가 어르고 있다는 사실이 그저 기쁠 따름이었다. 나는 아기를 안고 침대에서 내려와 걸음마를 시켰다.

"일어나서 가자. 자, 한 발짝씩 내밀어야지. 왼발 내밀고. 오른발 내밀고. 자, 이제 한 발씩이 아니라 두 발 다 내밀고. 흔들어주고. 호키포키를 해야지."

정말 귀여운 발이다. 아기는 이렇게 작은 발로 서서 세상을 혼자서 살아가야 할 것이다. 하지만 이 아기에겐 어머니와 아버지가 있다. 이보다 더한 축복이 또 있을까. 나는 왠지 혼자서도 잘 걷는 아기를 도와주고 싶었다. 내가 어렸을 때도 누군가 나의 걸음마를 도와주었을 것이다. 그가 누군지는 몰라도 내 친부모가 아닌 것만은 확실하다.

"내가 좀 도와줄까? 자, 내 발 위에 올라와. 그렇지. 자, 가자."

나는 아기의 손을 잡고, 아기의 발을 내 발등 위에 올려놓고 천천히 걸었다. 나는 정말 아빠가 된 기분이었다. 내 친아버지도 나를 이렇게 어르며 즐거워한 적이 있었을까. 하지만 그분에게는 그럴 기회가 없었다. 그래서 이제 인생이 다 저물어가는 시간에 나를 찾으려고 애쓴 것이다.

아기는 내 발 위에서 자꾸 미끄러졌다. 아기는 이제 혼자 걷고 싶은 것이다. 나는 그냥 손만 살짝 잡고 걸음마를 시켰다.

"수저 없냐?"

양어머니가 상을 차리며 소리를 질렀다.

"여기 있어요."

누나도 큰소리로 대답했다.

아주머니는 접시에 정성스럽게 반찬을 담았다.

"아빠한테 가. 아빠한테."

아주머니는 내게 딱 붙어 있는 아기를 보며 말했다.

"수저 그만 놔, 엄마."

누나가 아주머니에게 말했다.

"네 개 놨는디."

"다섯 개 놨어."

두 사람이 티격태격하는 모습이 무척 정겹다. 이런 모습을 보는 게 무척 즐겁다. 가족이란 이런 것이다.

양어머니는 오이를 꺼내 썽둥썽둥 잘랐다. 아기는 침대에 눕혀 놓았더니 금세 다시 잠이 들었다.

"사람들이 진철이 아버지 구명운동을 좀 했다고 하네요."

소영이 말했다.

"아유 잘 되면 좋지……."

누나가 대꾸했다.

"20년인디……."

아주머니는 한숨을 크게 내쉬었다.

"나 그거 물어보고 싶어. 진철이가 지난번에 그랬잖아. 아빠 만나면, 진짜 아빠인지 아닌지 느낌을 딱 받을 거 같다고. 진짜 그랬니?"

"잘 모르겠다고 그러더군요, 처음에는."

소영이 나 대신 대답했다.

"그런 느낌이 없었대?"

누나의 재촉하는 물음에 소영이 다시 대답해주었다.

"진철이는 아버지가 너무 말랐기 때문에, 내 아버지가 왜 이렇게 말랐나 하고 생각했대요. 어른들은 아버지가 자기가 닮았다고 그러는데, 잘 모르겠더라고요. 그런데 손금이……."

"그래. 맞아. 손을 딱 잡으니까, 손이 닮았더라구…… 손금도 그렇고 손가락 끝 모양이 똑같아."

양어머니도 소리를 높여 맞장구를 쳤다.

아버지, 내가 아버지를 만났다는 사실은 많은 사람들에게 관심을 불러일으켰다. 아버지란 존재는 그런 것일까. 나의 존재의 근거. 아버지가 없는 것과 있는 것은 정말 다른 차원의 문제였다. 아버지가 없어서 해외로 입양된 내가 20년 만에 다시 아버지를 되찾는다는 것은 정말이지 엄청난 일이 아닐 수 없었다. 어쩌면 나보다도 주위의 사람들에게 더 큰 관심을 불러일으키는 것 같았다. 어디선가 이런 말을 읽은 적이 있다.

'한 사람은 다른 사람의 일부이다.'

그렇다. 나, 애런이, 아니 진철이가 아버지를 찾은 것은 나를 알고 있는 사람들에게 영향을 끼친다. 그들에게 있어 나는 해외로 입양된 고아였지만 지금은 아버지를 되찾은 아들인 것이다. 어쩌면 아버지가 없다면 아들이란 존재도 없는 것이 아닐까.

"김치밖에 없네. 풀밖에 없어……."

누나가 상 위에 반찬을 놓으며 중얼거렸다.

나는 웃으며 누나를 거들어 반찬 그릇을 수저 앞에 정렬해놓았다. 나는 소영에게 반찬의 이름을 물었다.

"이게 다 뭐야? 이건 배추김치고……, 이건 오이소박이고, 맞아?"

"맞아."

"이건 뭐야? 생선 같은 건가?"

"맞아."

"뭔지는 모르지만 상당히 맛있어. 이것도 작은 생선이고. 이거 내가 제일 좋아하는 것 중의 하난데. 이거 진짜 좋아해. 이건 시금치 같은데."

"야채야."

"야채, 알았어. 이건 샐러리랑 섞은 거……."

드디어 상이 다 차려졌다. 사람들이 모두 상을 둘러앉았다. 피를 나눈 사람들은 아니지만 상을 앞에 놓고 앉아 있으니 모두들 한 식구처럼 느껴졌다.

"정말 반찬이 없어서 어쩐다?"

아주머니는 반찬이 없다고 미안해 하셨다.

"감사하다는 말씀을 드릴 참이었어요. 환대해주셔서 감사하고 누나랑 매형이랑 양어머니랑 정말 좋은 분들이에요."

나는 아주머니와 누나를 향해 한껏 웃으며 말했다.

"어머니 저녁 감사하대요."

늘 그래왔듯 소영이 내 말을 옮겼다.

"뭔 말을 알아들을 수가 있어야지. 하여튼 알았어. 감사하다는 말이지?"

아주머니는 소리 내어 웃으며 내 말에 고개를 끄덕였다.

"자, 반찬 없어도 많이 먹어."

아주머니가 수저를 들고 밥을 폭 퍼서 입으로 가져갔다. 우리는 맛있게 식사를 했다. 한국 음식은 짭짤하면서 시큼한 냄새가 났다.

발효한 음식이라 그렇다고 한다. 미국에선 이런 맛을 느낄 수가 없다. 케이크는 부드럽고 달콤하지만 아무래도 이런 강렬한 맛을 풍기지는 못한다. 또 인스턴트식품은 기름기가 줄줄 흐르거나 푸석푸석한 느낌이다. 하지만 한국 음식은 매우 찰지고 입안에 들어와서는 뭔가 폭발하듯이 혀를 자극한다. 침이 몇 리터나 더 솟구친다. 이런 강렬한 느낌을 맛볼 수 있다는 것은 그야말로 축복이라고 할 수 있었다.

"그래서 출국은 8월 2일 날 하는 거야?"

누나가 밥을 입 안에 넣고 우물거리며 물었다.

"저녁 7시 반인가 그래요."

소영이 내게 말을 전하지도 않고 대답해버렸다. 나는 며칠 몇 시 하는 말로 대충 내 출국 날짜를 묻고 대답하는 줄 안다.

오이소박이는 정말 시원한 맛이 났다. 별로 짜지도 맵지도 쿰쿰한 냄새가 나지도 않는다. 샐러드를 먹는 느낌과 비슷하다. 시원한 야채 맛을 느끼면서도 갖은 양념 맛이 입맛을 돋운다. 정말 신비로운 맛이다.

"제가 데려다줘야 돼요."

소영이 생색을 내며 말했다.

"데려다줘야 해? 고생한다. 세상에…….."

아주머니는 늘 나를 도와주는 소영이 고생한다며 편을 들었다.

"오이소박이는 정말 맛이 있어요."

나는 계속해서 오이소박이를 집어먹으며 아주머니를 향해 웃으며 말했다.

"진철이가 인복이 있어서 주위 사람을 잘 만난 것 같아."

누나는 소영에게 웃으며 말을 이었다.

"정말 잘 됐지 뭐야. 엄마는 그날 텔레비전 보고 가슴이 찡해가지구……."

"그래. 너무 가슴이 아팠지."

양어머니가 말끝을 흐렸다.

"아주머니가 마음이 많이 이프셨대. 그게 한국식 사고방식이야."

소영이 말을 옮겨주었다.

"아프셨다구? 눈물이 나신 거지? 마음이 아프셨던 거지?"

내가 정확하게 말뜻을 물었다.

"정신적으로."

소영이 대꾸했다.

"아, 정신적으로."

나는 마음이 아프다는 말의 뜻을 되새기려고 노력했다.

"아버님이 참 점잖으시던데……."

"그러게, 어쩌다 그렇게 됐냐. 생긴 것도 잘생겼더구먼."

양어머니는 혀를 찼다.

"참, 매형, 신혼여행 재밌었어요? 어디로 갔었어요?"

내가 매형에게 물었다.

"마나 섬."

매형이 대답했다.

"피지 섬 옆에 있는 섬이래."

소영이 설명을 덧붙였다.

"우와, 피지 섬이라면 뉴질랜드네요. 어떤 게 기억나세요? 날씨에요? 풍경이에요?"

"풍광이지. 날씨, 햇빛, 바람, 주위 광경 전부 다. 여기랑 너무 다르니까. 별세계 같았어."

그렇게 내 또 다른 한 가족과의 밤이 깊어갔다. 나는 될 수 있으면 아버지의 이야기를 하기보다는 가족들의 이야기를 듣고 싶었다. 예쁜 아기의 걸음마, 누나의 신혼여행, 맛있는 한국 음식……. 그렇게 가족의 사랑을 느끼고 싶었다. 그 모든 것이 다 소중한 것이니까.

그래도 당신은 내 아버지

왜냐고요?
백십 퍼센트 내 아버지라는 것을 믿고 싶기 때문입니다…….

의심은 무서운 것이다. 특히 가까운 사람, 사랑하는 사람이나 가족들을 의심한다는 것은 무서울 뿐만 아니라 끔찍한 일이다. 그러나 그 일을 행해야 할 때가 있다. 그것은 아무리 좋은 의도로 시작하더라도 고통을 주게 마련이다. 나는 27년 만에 아버지를 만났고, 정말 아버지인지 알아보아야 할 필요가 있었다. 매우 당연한 순서였지만 그것이 '의심'이라는 감정을 밑에 깔고 있다는 것이 나를 괴롭게 했다.

처음 아버지께 혈액검사에 대한 말씀을 드렸을 때, 아버지는 기꺼이 응해주셨지만 교도소 측에서는 수감 중인 죄수의 혈액을 채취하는 데 대해서 반대했다. 혈액이 아니라면 DNA 친자검사는 타액이나 머리카락 등으로 할 수밖에 없었다. 나는 차마 아버지께 혈액검사가 안 되니 타액검사를 하겠습니다, 입을 벌려주세요, 라고 말하고는 면봉으로 아버지의 침을 묻히는 등의 행동을 하고 싶지 않았다. 나는 모든 일이 편안하고 자연스럽게 이루어지길 원했다. 아버지를 불편하게 하고 싶지는 않았다.

그래서 나는 아버지의 흰 머리카락을 뽑아드리면서, 머리카락 몇 개를 냅킨에 싸서 주머니에 넣었다. 나는 그런 행동을 할 수밖에 없는 내가 안타까웠다. 그런 일이 너무나 불편하고 언짢게 느껴졌고, 도대체 지금 무슨 짓을 하고 있는가 하는 회의가 들어 몹시 괴로웠다. 그럴 때마나 나는 나 스스로에게 다짐했다.

'아버지라는 것을 믿기 위해서다. 백십 퍼센트 아버지라는 것을 완전히 믿기 위해서…… 그는 내 아버지니까…… 내 사랑하는 아버지라는 것을 확실히 하기 위해서…….'

그리고 당연히 아버지의 DNA와 나의 DNA가 일치할 것이라고 믿었다. 그런 말을 듣고 싶었던 것이다.

'정말 그는 당신의 아버지입니다.'

내가 유전자 검사를 한 것은 바로 그 말을, 그 확실한 마음의 말을, 모든 사람들로부터 확실하게 인정받고 싶었기 때문이다. 결코 '저 사람은 내 아버지가 아닌 것 같으니, 확인해주십시오'라는 뜻에서 의뢰한 것이 아니며, 그들로부터 '그는 당신의 아버지가 아닙니다'라는 말을 듣고자 한 것이 아니었다.

그러나 운명은 나에게 왜 이토록 가혹한 시련을 주는 것일까.

검사 결과를 듣는 순간, 나는 누군가가 내 뺨을 후려치는 것 같았다.

"유전자 검사 결과로는, 친아들이 아니십니다."

"네?"

검사 결과는 부정적이었다. 내가 아버지의 친아들이라고 하기에는 유전자가 너무 다르다는 것이다.

'왜? 왜? 이런 일이 일어난 것일까? 이게 무슨 뜻인가? 그렇다면 나는 이제까지 무엇을 위해 그토록 노력을 기울였단 말인가?'

나는 검사 결과를 어떻게 받아들여야 할지 몰랐다. 꿈인지 생시인지 혼란스러웠다.

주변 사람들도 내게 말 한 마디 걸지 못하고 머뭇거렸다. 나는 내 마음을, 내 생각을, 내 눈길을 어디에 두어야 할지 알 수 없었다. 의문은 끝도 없이 이어졌고 도대체 내가 누구인지 어디로 가고 있는지, 아니 그 모든 생각을 할 수도 없을 만큼 머릿속이 깜깜해졌다. 몹시 우울하고 심각했다. 기분이 너무 좋지 않아 아무하고도 얘기하고 싶지 않았다. 내가 여기서 도대체 무슨 일을 하고 있는 건지 화가 났다.

아마도 그때의 기분은 여자친구를 사귀다가 채인 것과 같았을 것이다. 여자친구에게 많은 시간과 돈을 투자했는데, 그 여자친구가 갑자기 결별을 고하는 것과 마찬가지 상황 말이다. 그동안 투자했던 그 모든 시간이 마치 눈이 녹아 내리듯이 사라져버리는 것이다. 나는 그런 상황을 원하지 않았다. 나는 내 인생과 내 시간을 즐기고 싶다. 그런데 이게 다 뭐란 말인가. 그러나 나는 곧 이 사실을 받아들여야 한다는 것을 깨달았다. 현실을 받아들이고 계속 내 인생을 살아가야 하는 것이다.

그렇게 마음을 다지고 다시 생각해보니 이상한 점이 많았다. 왜냐하면 아버지께서 말씀하신 나와 어머니에 대한 사실이 그동안 모두 들어맞았기 때문이다. 그 DNA 검사는 완전한 것이 아니었다. 혈액검사나 타액검사가 아니었고 고작해야 머리카락 검사였기 때문이다. 내가 아버지 머리카락을 뽑았는데, 그건 정확하게 머리카락을 채취하는 방법이 아니었다. 또 머리카락을 냅킨에 쌌기 때문에 손상되었을 수도 있다. 그리고 머리카락 검사를 할 때는, 머리카락을 채취한 바로 그 즉시 시험관에 넣어야만 한다고 한다. 시험관에 바로 넣고 절대 만져서는 안 되는 것이다. 그런데 나는 그렇게 할 수가 없었다. 냅킨에 싸서 주머니에 넣었기 때문에 머리카락 샘플이 손상되었을 가능성이 높았다. 전문가들도 가장 정확한 검사를 위해서는 타액이 필요하다고 했는데, 이번 검사는 타액 검사가 아니있지 않은가.

타액 채취 방법을 알려준 검사관은, 좀 더 정확한 결과를 위해 두 번째 검사를 하는 게 어떻겠냐고 제안했다. 하지만 나는 잠시 생각해본 후 한 번의 검사로 충분하다는 결론을 내렸다. 검사 도구를 쓰레기통에 버리고 다시는 검사를 하지 않기로 했다. 이번에 행해진 DNA 검사는 믿을 가치가 없는 것이다.

나는 유전자 검사를 한 것을 정말 후회했다. 내 본능과 직감에 따라 아버지라고 그냥 믿었어야 했다. 모든 것이 정확하게 들어맞고 그걸로 충분했다. 미국에 계신 내 양어머니가 나를 사랑한다고 할 때 비록 그 사랑 자체는 볼 수 없지만, 양어머니가 나를 돌봐주고, 돈을 주고 하는 일 들을 통해서 그 사랑을 느낄 수가 있는 것처럼, 아버지도 마찬가지다. 지금까지 아버지께서 보여주신 모든 것들이 그분이 내 아버지라는 걸 증명하고 있는 것이다.

나는 모든 일에는 이유가 있다고 생각한다. 정말 검사 결과가 확실하다면 그렇게 많은 사람들이 오랫동안 나와 아버지를 위해서 애써줄 수 없었을 것이다. 나, 친구들, 가족들, 새 친구들이 모두 이 일을 위해 정성을 기울였고, 지금까지의 모든 일들은 그분이 내 아버지가 아니라면 도저히 있을 수 없는 일들이었을 것이다. 나는 아버지가 내 생부라고 믿는다.

물론 아버지 허락 없이 DNA 검사를 했다는 것을 아버지가 알게 된다면 어떻게 생각하실까. 그러나 나는 그 모든 것이 사랑 때문이라고 답변할 것이다. 나는 사진 속 여자분이 내 어머니라는 것을 백 퍼센트 확신하고 싶었다. 거짓 희망을 가지고 싶지 않았다. 그리고 처음에 아버지께 이 문제를 말씀드렸을 때 이미 허락을 하셨기 때문에 죄책감은 느끼지 않는다. 혈액 샘플을 얻을 수 있을지 여쭤보았을 때 아버지께서는 허락하셨는데 교도소에서 거부했다. 그래서 일을 조용히 처리한 것이다. 변명이라기보다 이유를 댄다면 사랑 때문에 그렇게 했다고 하고 싶다. 나는 그분이 내 아버지라는 것을 백십 퍼센트 확신하고 싶었고, 비록 검사 결과가 부정적으로 나왔어도 나는 그분이 내 아버지라는 것을 백십 퍼센트 확신한다.

그러나 나는 아버지가 이 검사에 대해 모르셨으면 한다. 검사를 했다는 것을 알게 된다면 그 결과가 부정적이었다는 것 또한 알게 되실 것이기 때문이다. 나는 아버지를 너무나 사랑하기 때문에 아버지가 희망을 잃는 것을 원하지 않는다. 그분은 내 아버지가 분명하고 나는 그 사실을 받아들였다. 내가 아버지를 위해 투자했던 시간, 새로이 알게 되었던 사람들, 친구들, 가족들이 결코 헛되지 않다고 생각한다. 모든 일에는 이유가 있다고 믿는다. 중요한 것은 행복이다. 비록 아버지께서 돌아가신다고 해도 나는 행복할 것이다. 한국에서 지낼 수 있는 시간은 짧고 돈도 별로 남아 있지 않지만 그래도 행복하다. 아버지께서도 내가 행복한 걸 알면 평화를 누릴 수 있으시리라고 생각한다. 혹시나 마지막 순간이 닥쳐오더라도 행복하게 돌아가시리라고 생각한다. 그날까지 아버지께서 검사 결과를 모르시기를 바란다.

아버지는 내게 자주 영어로 "사랑한다"고 말씀하셨다. 나는 평소에 사람들이 사랑의 중요성을 이해하는 것이 인생에서 가장 핵심적인 일이라고 생각해왔다. 사랑은 인생의 중심이다. 아기는 아버지의 품에 안겨 따뜻한 목소리를 들어야 하고, 어머니의 품에서 온기를 느낄 수 있어야 한다. 아기는 자라는 동안 그런 사랑이 필요한 것이다. 더 이상 어머니의 젖을 빨지 않는 독립적인 어른이 된 후에는 진심으로 사랑하는 마음을 말로 표현해야 한다. 그것은 인간에게 가장 중요한 일인 것이다. 아버지께서 영어로 "아이 러브 유"라고 말씀하셨을 때 나는 몹시 놀랐다. 아버지가 영어로 그말을 하기 위해 시간을 들여 연습하셨기 때문이고 또 실제로 그 말을 하셨기 때문이다. 세 마디밖에 안 되는 간단한 말이지만, 사람들은 아무한테나 무작정 "아이 러브 유"라고 하지는 않기 때문이다. 나 역시 많은 사람들에게 사랑한다는 말을 하지 않는다. 진심으로 사랑할 경우에만 사랑한다고 말한다. 그 말에 손상을 입히고 싶지 않기 때문이다. 그래서 아버지가 사랑한다고 말씀하셨을 때, 나는 완전히 압도되는 기분이 들었다. 아버지는 그 한 마디로 내온 존재를 감쌌다. 그는 내 아버지인 것이다.

어머니를 위한 꽃

이머니, 봄이 되면 딩신을 위해
장미꽃 한 송이를 강물에 띄울 작정입니다…….

어머니의 사진을 보내달라는 나의 요청에 아버지는 소영 앞
으로 어머니의 사진을 부치셨다. 아버지로부터 어머니의
사진이 도착했다는 소영의 말에 나는 반색을 했다.

"잘 됐다. 정말 잘 됐어."

내가 한국어를 읽지 못하기 때문에 소영이 내 모든 우편물을 받
아주고 있었다. 또 그 우편물들의 번역도 해주었다. 그 주 주말에
나는 바로 소영의 집으로 갔다.

소영을 보자마자 인사를 한 다음 다급히 사진부터 찾았다.

"사진은?…… 우편물 어디 있어?"

그가 내민 사진을 보고 나는 "와!"하면서 놀랐다. 원본 사진이
많이 손상되었기 때문에 컴퓨터로 수정했다는 걸 알 수 있었다. 하
지만 나는 정말 기뻤다.

사진 속에는 한 여자와 어린아이가 있었다. 사진 속의 여자가
내 어머니라는 것, 그리고 그 어린아이가 바로 나라는 것을 확신할
수 있었다. 나는 그 옛날의 어머니를 보았고 어린 나를 보았다. 전
혀 의문의 여지가 없었다.

"정말 아름다운 분이시구나."

나는 감탄하고야 말았다. 어머니는 미소를 짓고 계셨다. 그것만
으로도 내가 그 시절에 행복했다는 것을 알 수 있었다. 어머니는
대부분의 한국 사람들과는 달리 사진을 찍을 때 미소를 지을 수 있

는 분이었다. 당장 내 가장 친한 친구인 소영만 해도 사진을 찍는 순간에는 뭔가 경직되고 딱딱한 표정을 짓곤 한다. 그러나 내가 본 첫 번째 사진에서 어머니는 환한 미소를 짓고 계셨다. 그걸 보면서 마음속이 따뜻해지는 기분이 들었다.

사진을 보내주어서 감사하다고 아버지께 말씀 드리자 아버지는 잠시 침묵한 후 말을 이으셨다.

"함께 보낸 편지에 네 어머니 기일을 알렸는데, 알고 있니?"

"기일이 생일이란 뜻인가요? 그 날의 정확한 의미를 모르겠어요. 어머니 생신을 뜻하는 건지, 아니면 돌아가신 날을 뜻하는 건지."

아버지는 편지에 내 어머니의 기일(忌日)이 4월 13일이라고 쓰셨다. 처음 나는 그 날을 어머니의 생신으로 알았다. 그런데 기일의 의미가 이 날만큼은 다른 일을 꺼릴 만큼 슬픈 날이라는 뜻이라는 것을 알고야 비로소 4월 13일이 내 어머니가 돌아가신 날이란 걸 깨달을 수 있었다.

나는 동양의 제사와 같은 관습을 잘 알지 못한다. 동양에서는 부모님이 돌아가신 날을 기념해 제를 올리는 것이 보편적이라고 한다. 하지만 나는 27년간 미국 사람으로 살았고 동양의 전통 의식에 대한 지식은 전무한 상태였다. 제사라는 의식은 마치 내가 아버지를 처음 보았을 때 어설프게 올린 절처럼 낯설게 다가왔다. 나는 내 친부모의 나라, 한국의 관습으로 그들을 기억하는 일에는 자신이 없다. 나는 곧 미국으로 돌아갈 것이고 다시 평범한 미국 시민 애런 베이츠로 살게 될 것이다. 그때가 되면 나와 한국은 예전에 그랬던 것처럼 아주 가깝지만 동시에 먼 나라가 되어 있을지도 모르는 것이다.

"어머니가 어떤 꽃을 좋아하세요?"

생각 끝에 나는 어머니를 위해 꽃을 준비하기로 마음먹었다. 아버지는 대부분의 여자들은 장미꽃을 좋아한다며 말끝을 흐리셨다. 아마 어머니께서 무슨 꽃을 좋아하셨는지 아버지도 잘 알지는 못하시는 것 같았다.

"그 당시는 전쟁이 끝난 직후라 모든 게 어렵기만 했어. 동란을 겪은 사람들은 너, 나 할 것 없이 모두 지독한 고생 끝에 살아남은 사람들이지. 네 어머니도 마찬가지야. 사촌 오빠들을 따라 서울로 상경해서 정착하기까지 그 과정에서 겪은 고생이란 이루 말할 수 없었어. 고통 속에 사는 사람들에겐 아름다운 꽃조차도 별 의미가 없는 것일 수도 있지."

"......"

전쟁에 관한 이야기는 익히 교육을 받은 터였다. 주한 미군부대에 배치를 받을 때 우리는 한국전쟁의 기본적 배경과 당시의 상황,

미군의 역할 등에 관한 것들을 숙지해야 했다. 어렴풋이나마 아버지의 말이 이해가 갔다. 문득 아릿한 통증이 가슴 끝으로 저며 들었다. 꽃 한 송이가 주는 삶의 아름다움조차 되새길 수 없었던 각박한 여인의 삶. 내 어머니의 기구한 삶이 주는 아픔이었다.

"특별히 꽃을 선물해 본 적이 없어서 모르겠다만, 그 시절 젊은 이들은 보통 꽃을 떠올릴 때 빨갛고 탐스러운 장미를 떠올리곤 했지. 아마, 빨간색 꽃잎이 주는 깨끗함과 싱그러움이 가진 힘 때문이 아니었나 싶다."

"……."

그 시절 아버지 세대는 지독하게 가난했다고 한다. 너무 가난했기 때문에 꽃이 주는 감흥 따위는 아예 가질 수가 없었던 모양이다. 아버지는 그 당시 한국의 청년이었다면 누구든 꽃보다는 한 숟가락의 밥을 더 중요하게 여겼을 거라고 말했다.

"봄이 되면 어머니를 위해 빨간 장미꽃을 강물에 띄워 드리고 싶어요……."

아버지는 아무 말씀도 하지 않으신다. 그저 입술 끝을 지긋이 깨물며 쓸쓸한 눈빛으로 나를 바라보실 뿐이다.

다시 어머니에 관한 이야기들이 흘러나왔다.

어머니는 7살 때 사촌오빠를 따라 서울로 상경해 갖은 고생을 해야 했다고 한다. 외가 쪽 가족의 생사에 관해서는 아직 전해들은 바가 없다. 동란 당시, 공무원이셨던 외할아버지는 북한 인민군의 손에 처형 당하셨다고 들었다. 내가 알고 있는 외가에 관련된 이야기는 나의 증조부는 조그마한 마을의 훈장 선생님이었고 어머니에게 오빠가 두 분 계셨다는 것 정도이다. 아버지는 언론의 힘을 빌리면 아마 어머니의 친척들을 찾을 수 있을 것이라고 말씀하셨다. 한국에서 도씨 성(姓)을 가진 사람은 몇만 명에 지나지 않기 때문에 찾으려고 마음먹는다면 꼭 불가능한 일은 아니라는 것이었다.

"네 어머닌 손재주가 있어서 한복을 야무지게 만들었어. 억척인데다 살림도 곧잘 하던 여자였어. 나도 그렇고 네 어머니도 그렇고 제대로 살아보겠다는 일념 하에 무슨 일이든 안 해 본 게 없을 정도였다."

어머니의 나이 열일곱, 아버지의 나이 열아홉에 부부의 연을 맺은 두 사람은 서로를 믿고 의지하며 모진 세상살이를 함께하기 시작했다고 했다. 손재주가 좋았던 어머니는 영등포 시장에서 한복 만드는 일을 했고 아버지는 껌팔이, 구두닦이, 중국집 배달원, 전자제품 수리공, 시계 수리공 등 온갖 일을 전전했다. 그렇게 고생 끝에 장만한 것이 서울 영등포 시장 한 구석에 있는 작은 가정집이라고 한다. 그곳이 내 아버지와 어머니의 첫 신혼집인 셈이다.

"그 당시는 전자제품 부속이 모두 영어로 되어 있었다. 그래서 내가 일을 배우는 데 여간 무리가 따른 게 아니었어. 한글도 간신히 배운 주제에 영어를 알 리가 없잖니. 일단 부품을 보면 어디 쓰는 건지는 대강 알겠는데, 읽을 수가 없으니 팔 수도 없고, 필요한 부품을 살 수도 없으니 이만저만 어려운 게 아니었어. 그래서 모진 마음을 먹고 독학을 해 가며 전자수리공이 되려고 했었다. 내가 공부를 하는 동안 네 어머니가 고생을 많이 했지."

나는 지금 아버지의 메마른 입술에서 흘러나오는 이야기들만 가지고 당시를 상상한다. 한복을 만들기 위해 바느질하고 있는 어머니의 모습, 재래시장 구석진 모퉁이에 있는 작은 집, 그리고 그곳에서 태어난 사내아이……

아쉽게도 지금껏 한국의 재래시장에 가본 적이 없다. 내가 진작 한국의 재래시장을 찾아보았더라면 어머니와 아버지가 처음 신혼살림을 꾸렸을 당시의 풍경들을 상상하기 조금 더 수월했을지도 모른다.

그 당시의 생활상을 충분히 상상할 수는 없지만 어머니와 아버지가 겪었을 외로움만큼은 공감이 간다. 아무도 없는 땅에 홀로 버려진 기분. 아는 사람 하나 없는 적막한 곳. 그곳에서 살아남기 위해 발버둥쳤어야 할 내 어머니.

싱그러운 봄날, 꽃향기 한 번 맡을 여유가 없었을 어머니의 삶을 상상하며 나는 지그시 눈을 감았다.

"너를 낳은 직후 나는 군대에 입대하게 되었다. 그때부터 네 어머니 혼자 너를 키워야 했지. 그러다 병으로 네 어머니가 세상을 뜨게 되었어……. 난 네 어머니 소식을 듣고 부대에서 탈영을 시도하다 붙잡히고 말았다. 그게 아마 우리 인연이 뒤틀리게 된 시초가 아니었나 싶다."

당시를 회상하는 아버지의 표정은 지나치게 쓸쓸해 보였다.

아내의 부음을 전해들은 젊은 군인 남자의 몸부림이 떠올랐다. 그가 현재의 나와 같은 군인이라는 신분이어서 이번만큼은 아버지의 얘기가 피부에 와 닿는다. 눈을 감으면 꾹 눌러 두었던 눈물이 흘러나올 것만 같다. 견딜 수 없는 슬픔이 북받쳐오르는 것 같았다. 나는 두 눈을 더 크게 치켜 뜬 채 아버지를 바라보았다.

누군가를 원망하기 위해 한국을 찾은 것이 아니다. 나는 다만 내 안의 본질을 찾기 위해 한국에 왔다. 그리고 나는 내가 사랑 받으며 태어난 아이였음을 확인했다. 그걸로 됐다. 가련한 내 어머니를 위해 흘릴 눈물도 아끼기로 하자.

어머니, 봄이 되면 당신을 위해 장미꽃 한 송이를 강물에 띄울 작정입니다. 지나온 세월의 상처나 아픔은 꽃과 함께 흘려버리도록 하지요. 그동안의 나는 정말 축복 받은 삶을 살았습니다. 내가 그토록 행복한 삶을 누릴 수 있었던 것은 아마 당신의 숭고한 사랑 때문이었나 봅니다. 사랑합니다…….

아버지의 몸부림

나는 삶을 포기했었다.
아내도 아이도 잃은 후······.

"**네** 어머니의 부음 소식을 들은 후 나는 탈영을 결심했었다……"

아버지는 어째서 나를 잃어버리게 되었는지 그 지독했던 과거에 대해 이야기를 시작하셨다. 건강이 악화되어 나를 키울 수가 없었던 어머니는 객지에서 만난 여자(언니)에게 어린 나를 부탁했다고 한다.

"정황을 미루어 보면 그때 이미 네 어머니는 자기 목숨이 경각에 달려 있다는 걸 알고 있지 않았나 싶다. 어떻게든 내가 군에서 제대할 때까지는 널 지켜야 한다는 일념으로 지금까지 모은 돈까지 서슴없이 내어 줬을 게야."

어머니는 그 여자에게 나를 맡기며 일생동안 모은 돈이 들어 있는 통장도 함께 건네주었다고 한다. 아버지가 제대를 할 때까지는 어떻게든 나를 안전하게 키워 줄 사람이 필요했을 것이다. 하지만 여자는 어머니의 장례를 치른 후 나를 광주의 한 고아원에 맡긴 채 사라졌다.

"네 어머니가 죽었다는 소식을 듣고 몸이 바짝바짝 타는 기분이었다. 머릿속에 온통 네 생각밖에 들지 않는 거야. 하지만 그때 나는 군에 묶인 몸으로 함부로 나갈 수도 없는 처지였어. 내가 천애 고아인지라 너를 부탁할 친척이 있는 것도 아니고, 이대로 군대에 묶여 있으면 널 영영 찾을 수 없을 거라는 생각이 들어서 탈영을 결심하게 되었지."

아버지는 당시 군부대 대대장의 사복을 훔쳐 입고 탈영을 시도했다고 한다. 그는 대대장의 주머니 속에 있던 돈 몇 푼을 여비 삼아 서울로 향했다. 그러나 서울로 오는 열차 안에서 헌병에게 덜미를 붙잡히고 말았다. 비록 사복을 입고 있었다고는 하지만 어색하기 그지없는 옷차림에 짧은 머리, 넋 나간 표정의 사내가 숨을 곳은 그리 많지 않았을 것이다. 헌병들에게 잡힌 아버지는 탈영병으로 군부대에서 공개 재판을 받게 되었다고 한다.

"그곳에서 3개월 형을 언도 받았다. 그때 대대장님에게 이런 사정을 설명할 수 있었더라면 지금쯤 너와 내가 어찌 되었을지……. 왜 입이 떨어지질 않았는지, 그저 널 만나야겠다는 생각만 머릿속에 가득할 뿐이었어. 상황을 인지할 수도 없었고 이성적인 판단을 할 수도 없었어."

그 후 군에서 제대하게 된 아버지는 나를 찾기 위해 온갖 노력을 했다고 한다. 나를 맡았던 여자가 나를 정확하게 어느 고아원에 맡겼는지 말해 주지 않았기 때문에 막연히 광주에 있는 고아원에 맡겼다는 사실만 가지고는 나를 찾을 수 없었다고 한다. 한국에는 똑같은 이름을 가진 지역이 많다고 한다. 내가 있던 영신원은 전라도 광주인데, 아버지가 나를 찾아 헤맸던 곳은 경기도 광주였다.

아버지는 연인이 닿을 수 없으면 아무리 발악을 해도 어쩔 수 없는 것이라며 쓸쓸히 웃는다.

"정말 미친 듯이 광주 일대를 헤매고 다녔다. 평택, 오산, 광주……. 그 당시 나는 모든 걸 다 잃은 가련한 남자일 뿐이었지. 아내도 잃고, 생떼 같은 자식까지 잃어버렸으니 세상을 살아야 할 의미조차 없었어. 널 찾지 못하면 내 삶을 포기하겠다고 다짐을 했다."

아버지는 매우 괴로운 과거를 이야기하고 있다.

나를 찾다가 지친 아버지는 서울로 돌아오는 길에 극약을 샀다. 차마 집으로 돌아 갈 엄두가 나질 않았던 아버지는 허름한 여관방 한 구석에 앉아 유서를 쓴 다음 자살을 결심했다. 얼마나 시간이 지난 것일까. 약을 먹고 의식을 잃었던 아버지는 누군가 자신을 흔들어 깨우는 소리에 놀라 눈을 떴다. 아버지를 깨운 것은 시장에서 몸을 파는 창녀였다. 술에 취해 여관으로 들어왔던 여자는 무심결에 방문이 잠기지 않은 방을 발견하고 들어가 잠을 잤는데, 하필 그 방이 아버지의 방이었던 것이다.

여자는 화대를 내놓으라며 억지를 쓸 참으로 아버지를 흔들어 깨웠다. 그것이 하필 죽어 가는 아버지를 살린 계기였다.

그때 음독자살을 기도했던 후유증으로 아버지는 약 1년 간을 병상에 누워 있어야 했다. 그 사이 시간은 이미 3년이나 흘렀고 나를 찾겠다는 희망은 절망이 되어 아버지의 가슴에 맺혀 흘렀다.

"널 죽은 자식이라고 생각하자, 영영 넌 내 손을 떠난 거다…….
포기하자……. 이렇게 마음먹기까지 얼마나 고통스러웠는지 모를
거다. 지나가다 길가에서 노는 아이만 봐도 가슴에 피가 맺히는 것
같은 아픔을 너는 모를 거다."

확실히 나는 아버지의 고통을 이해하지 못한다.

어렴풋이 이해는 할 수 있지만 그것 역시 개인적인 감상일 뿐
자식을 잃은 부모의 고통을, 사랑하는 아내를 잃은 남편의 고통을
모두 헤아릴 수는 없었다.

아버지는 나를 잊을 작정으로 절에 들어가 수양을 하기도 했다.
다른 사람을 만나 정착을 해 보려고 발버둥을 치기도 하고 버려진
아이들과 독거노인들을 위해 봉사하며 힘겨운 마음을 달래보기도
했다. 그러나 그 모든 것들이 아버지에게는 스쳐 가는 일일 뿐이었
다.

어느 것에도 희망을 걸지 못한 아버지는 결국 자신의 인생을 돌
아 올 수 없는 늪까지 밀어 넣고 말았다……. 이것이 내 아버지가
죄인이 되어야 했던 고통스러운 삶의 행보였다.

아버지의 죄를 잘 안다. 끔찍한 살인 사건을 저지른 죄인이라는
것도 안다. 그러나 내가 아버지를 생각하고, 사랑하는 것은 그의
죄와는 무관한 것이다. 삶에 지친 아버지를 나는 너그러이 용서하
려 한다.

"만약 널 만날 수 있다는 걸 알았더라면, 마지막까지 널 포기하지 않았더라면 이렇게 죄인이 되어 있지는 않았을 게다. 미안하다."

아버지는 자신의 인생을 반성한다.

그는 내 손을 잡고서, 나를 잊기 위해 갖은 몸부림을 치던 젊은 날을 반성한다고 말했다. 그 몸부림이 너무 강렬해 내 몸까지 함께 떨리는 것만 같았다.

나는 아버지의 인생을 비난하지 않는다. 나는 아버지의 죄를 원망하지도 않는다. 그는 다만, 지금 내 아버지일 뿐이다.

진정한 죗값

죄라는 멍에는 당신에게만 있는 게 아닙니다.
아버지……

내 아버지는 죄수다. 그것도 두 사람이나 죽인 죄. 나는 그 사실을 받아들이는 데 약간의 시간이 필요했다. 분명히 찬찬히 생각해보아야 할 문제지만, 동시에 피하고 싶은 일이었다. 망각의 커튼 너머로 덮어둘 수 있다면 얼마나 좋을까, 하고 생각하게 되는 직면하기 싫은 문제였다. 그러나 언제까지나 회피한다면 나는 아버지를 아버지라 부를 수 없게 된다. 나는 서서히 그 문제에 대해 생각하기 시작했다.

내가 알기로 아버지한테는 여자친구가 있었는데, 그 여자친구와 딸이 돈을 받고 매춘을 했다고 한다. 그 사실을 안 아버지는 너무나 화가 난 나머지, 직접 두 사람을 다 죽이게 된 것이다. 나는 한 번도 그런 여자친구를 사귀어본 적이 없고, 그런 곤경에 처해본 적이 없다. 아버지를 만나기 전까지는 그런 상황에 처해 범죄를 저질렀다는 사람을 본 적도 들은 적도 없다.

그러나 어쨌든 나나 아버지나, 그 누구라도 모두 자신의 행동에 대한 책임을 져야 한다. 예를 들어 차를 몰다가 누군가를 치는 사고를 냈다면, 그건 운전한 사람의 잘못이다. 또 미국에서 내가 총을 갖고 다니다가 누군가에게 쏘았다면 그건 총의 책임이 아니라 총을 쏜 나의 책임인 것이다.

그렇게까지 삶을 포기하고 분노를 표출할 수밖에 없었던 아버지의 슬픔에 대해서는 이해할 수 있다. 어머니의 죽음, 나의 실종,

그 모든 일들이 아버지에게 끔찍한 충격을 주었을 테고 아버지를 광적인 상태로 몰아갔을 수도 있다. 삶을 포기하고 자살기도를 했을 정도로 아버지는 실의에 빠져 있었으니 말이다. 하지만 그런 광기가 살인의 이유가 되지는 못한다는 점에 대해서도 나는 냉정하게 인식해야 한다. 내가 누군가를 엄청나게 증오하고 당장 죽여버리고 싶다 해도 실제로 그렇게 할 수는 없는 것이다. 누군가의 생명을 빼앗는 건 나의 영역 밖의 일이다. 나처럼 교육받은 사람은 대부분 그런 어려운 상황에 처하게 된다면, 그 문제를 해결해줄 적절한 관계 당국을 찾아갈 것이다. 누군가를 죽이는 자의적 행동은 사회적으로 용인될 수 없다고 배웠기 때문이다.

아버지는 왜 그렇게 충동적으로 행동했을까. 그 이유를 이해하기 위해서 아버지의 삶의 역사에 대해 알 수 없다는 사실은 유감스러운 일이다. 아버지의 친척이라든가, 그 일에 대해 해명해줄 수 있는 그 누군가라도 만날 수 없다는 사실 말이다. 물론 내가 아들로서 아버지가 저지른 범죄에 대해 가슴 아프게 느끼는 것은 당연한 일이지만, 그렇다고 해서 극렬한 수치심을 느끼지는 않는다.

고민하는 내게 미국에 계신 양부모님은 말씀하셨다.

"누구나 죄를 지을 수 있다. 너도 실수를 한다면 미국 역사상 최악의 죄를 저지른 범죄자가 될 수도 있다. 전 세계에서 찾고자 혈안이 된 지명수배범이 될 수도 있다. 오사마 빈 라덴 이상으로 전

세계 사람들이 너를 맹렬히 추적할 수도 있다. 하지만 그래도 우리는 여전히 너를 사랑할 것이다, 아들아."

그것이 바로 가족의 사랑이다. 나는 아버지에 대해서도 같은 생각을 갖고 있다. 아버지가 범죄자일지는 모르지만 그래도 그는 내 아버지이며, 그것만으로도 사랑할 이유는 충분한 것이다.

그러나 만일 내가 아버지가 저지른 일의 피해자들을 만나게 된다면 우선 이런 말을 할 것이다.

"당신들은 사랑으로 가득 찬 사람들이니, 부디 사랑을 찾으시길 바랍니다."

그리고 또 두 번째로 이렇게 말할 것이다.

"제 아버지와 그의 가족인 저를 용서해주세요."

그리고 세 번째로는 정말, 정말 죄송하다고 말하고 싶다. 물론 내가 아무리 사과를 해도, 아버지가 그들에게 가한 고통이나 그들의 죽음으로부터 원래대로 돌이키기는 어렵다. 그래도 내 마음 깊은 곳에서 나오는 사과를 제발 받아달라고 애원할 것이다. 100만 불, 아니, 이 세상에 있는 모든 돈을 들여도 그 두 사람들을 다시 이 세상에 데려올 수는 없다. 그러므로 내가 그들에게 하고 싶은 말은 사랑, 용서, 그리고 사과일 뿐이다.

아버지는 지난날의 죄를 진심으로 후회하고 있다. 아버지는 그 때문에 깊은 고통의 강을 건너셨고 마음이 갈기갈기 찢기셨다. 아버지의 인생을 생각해볼 때 나는 가슴이 메어진다. 젊은 날, 사랑하는 아내와 아들을 잃었을 때 그 마음은 얼마나 고통을 받았겠는가. 어쩌면 그 때문에 그런 범죄에 이르기까지 상황이 악화되었는지도 모른다.

참으로 더욱더 안타까운 것은 고통이 고통을 낳는다는 것이다. 이제 아버지는 가족을 잃었다는 고통 외에 다른 짐, 다른 삶의 고통과 더불어 살아가고 계시다. 바로 한 사람도 아니고·두 사람을 죽였다는 양심의 고통 말이다. 그 고통은 다시는 회복될 수 없는 것이며, 마침내는 그 고통 속에서 여생을 마쳐야 한다. 죽기까지 이르는 그 마음의 짐만으로도 이미 충분하다. 사람들은 이제 더 이상 아버지에게 무거운 짐을 지워서는 안 된다고 생각한다. 사람들이 과거의 죄만을 기억하지 말고, 진심으로 후회하는 사람의 마음을 기억해주었으면 한다. 아버지는 진심으로 후회했기에 당신의 아들에게 먼저 깊이 용서를 구할 수 있었다고 나는 믿는다.

그리고 무엇보다도 아버지는 이제 사랑을 아는 사람이 되었다. 하느님을 받아들이고 나를 발견한 이후부터 아버지에게는 희망이 생겼으며 더 이상 사형당하는 날을 두려워하지 않게 되었다. 이제 아버지는 다른 사람들과 전혀 다를 바가 없는 똑같은 사람이다. 사랑과 성공을 마음 깊이 원하며 노력하고 싶어하는 것이다. 하지만 아버지에게는 이제 더 이상의 기회가 주어지지 않을 것이다. 나는 이 사실이 너무나 마음 아프다.

그 점을 자세히 생각해보면 참으로 놀랍다. 하는 일에 제약을 받지 않고 형무소에 갇혀 있지 않으며 자유로운 몸인 우리 같은 사람들은 삶을 그저 당연하게 받아들인다. 삶의 모습을 제대로 보지 못하고 그저 주어진 시간을 아무 의식 없이 소비하곤 한다. 하지만 아버지는 삶을 아주 소중하게 생각한다. 하루 세 끼의 식사를 하는 것마저도 크나큰 축복으로 받아들인다. 보통 사람들은 식사를 당연하게 받아들이면서 "헤이, 이걸 먹자. 아니, 이걸로 먹자."하며 여러 식당을 돌아다니지만, 아버지는 단지 하루 세 끼의 식사로 만족한다. 누구나 아버지의 그런 모습을 보면서 마음 깊이 감동을 받을 수 있다. 삶을 무의미하게 내던지거나 당연하게 받아들이지 않는 그 진지한 태도를 배울 수 있는 것이다. 아버지는 나뿐만 아니라 모든 이들에게 그 중요한 삶의 가치를 일깨워준다. 삶을 만끽하며 살라, 작은 것들을 버리지 말고 즐기라고 말씀하신다. 아버지는 이제야 삶을 즐기고 계신 것이다.

한국! 나에게 한국은 고요한 아침의 나라다. 한국에는 용서, 사랑의 드라마가 있다. 언제라도, 지금 당장이라도 텔레비전을 틀어보면 바로 가족 드라마가 나온다. 한국에서는 가족, 가족 간의 유대, 서로 가까이 지내는 것의 중요성을 어디서나 보여준다. 한국은 사랑이 넘치는 나라다. 나는 이 다음에 결혼을 해서 아이를 낳으면 내 아이가 모든 것을 다 갖기를 바란다. 좋은 교육이라든가 훌륭한 가정 같은 것을 말이다. 이는 결국 아이를 사랑하는 아버지가 함께한다는 것을 뜻한다.

따라서 내가 아버지에 대해 한국인들에게 한 마디로 호소를 해야 한다면 '사랑'이라는 말로 할 것이다. 나는 한국에게 아버지를 사랑해달라고 말하고 싶다. 물론 바보처럼 모른 척할 필요는 없다. 아버지는 끔찍한 범죄를 저지른 사람이다. 희생자의 유족은 정말로 아버지를 용서할 수 없을지도 모른다. 끔찍하게 증오할 수도 있다. 누군가가 내 딸이나 아내, 나와 가까운 사람을 죽인다면 나도 쉽게 용서하지 못할 것이다. 하지만 성서에 아주 훌륭한 문구가 있다.

"너 자신처럼 서로 사랑하라. 용서하고 잊으라. Love one another as thyself. Forgive and forget."

성서에서는 항상 그렇게 가르친다. 나는 사람들이 그 점을 이해했으면 좋겠다. 용서하고 잊었으면 좋겠다. 종교적으로 들릴지도 모르지만 예수님은 지상에 내려오셔서 우리 모두를 위해 돌아가셨다. 그분을 받아들이고 믿는 자는 모두 영생을 누릴 수 있다. 내가 도널드 트럼프나 빌 게이츠도 아니고 엄청난 부자나 할리우드의 영화 스타도 아니지만, 그 분이 이렇게 작은 존재인 나나 내 아버지를 구하기 위한 아름다운 목적을 가지고 지상에 내려오셨다면 사람들은 그 점을 이해해야 한다. 예수님은 한국인이든 미국인이든 러시아인이든 상관없이 우리를 구원하러 오셨다. 예수님의 사랑을 기억한다면 우리는 서로 용서하고 잊고 사랑해야 한다. 그래서 나는 사람들에게 부디 아버지를 용서하고 아버지가 저지른 일을 잊어달라고 말하고 싶다.

그리고 한국에서도 미국에서도 내 아버지처럼 이제 서로 죽이지 말았으면 좋겠다. 나는 정의의 심판을 믿는다. 죗값은 아버지의 죄책감, 마음의 짐, 슬픔만으로도 이미 충분할지도 모른다. 사람들이 그 점을 알았으면 좋겠다. 아버지는 이미 충분한 마음의 짐을 지고 있다는 것을 말이다.

아버지가 거리를 활보하도록 석방해 달라고 하는 게 아니다. 남은 평생을 감옥에서 보낼 수 있도록 해달라는 것이다. 내가 그걸 요청하는 이유는 아버지가 유일한 혈육이기 때문이다. 아버지를 대신해서 사죄드리고 싶다. 아버지가 저지른 죄에 대해서는 죄송하게 생각하지만 부디 그 한 가지 행동으로만 아버지를 판단하지 말아줬으면 좋겠다. 그리고 그렇게 해달라고 나는 많은 사람들에게 요청할 것이다. 아버지가 사형을 면하게 해달라고 내가 할 수 있는 모든 노력을 다 기울여 애원할 것이다. 그게 아버지에 대해 내가 할 수 있는 마지막 노력이다.

죽음은 하늘로부터

아버지,
이 하늘 아래 살아만 계세요…….

아 버지를 만난 후 약 2개월 후인 9월 17일에, 나는 법무부에 아버지의 사형을 면하게 해달라는 편지를 보냈다. 편지에 내 전화번호를 적었고 사본도 복사해두었다. 무모한 부탁이지만 조금이라도 누군가가 눈여겨 봐주었으면 하는 바람에 최선을 다하기로 마음먹은 것이다. 예상대로 아무런 답변이 없었다. 그래도 나는 포기하지 않고 11월에 법무부에 직접 전화를 했다. 캄캄한 절벽, 메아리 없는 하늘. 그런 느낌이었다. 그러나 나는 아무도 없는 골짜기에라도 소리를 질러야 했다.

여러 차례 이리저리 담당자를 찾아 전화를 돌린 그들은 군에 있는 변호사에게 연락을 취하라며 연락처를 알려줬다. 나는 다시 군 변호사에게 전화를 했다. 그러나 그 군 변호사는 몹시 난감해하며 나를 도울 길이 없다고 했다. 군 변호사조차도 나를 도울 수 없다면 법무부에서는 어떤 방식으로도 나를 돕지 못할 것이 당연했다. 길이 없을까, 며칠 밤을 뒤척이며 고민했지만 내게 해답을 알려주는 사람은 아무도 없었다. 정말 지푸라기라도 잡는 심정으로 최소한의 도움이라도 받을 수 있지 않을까 기대했는데, 실망하지 않을 수 없었다.

법적으로 아무런 방법이 없다면, 인간적인 선처를 호소할 수밖에 없다. 나는 생각다 못해 김대중 대통령에게 편지를 보내기로 했다. 어떻게 편지를 써야 할까. 나는 고민에 고민을 거듭했고 수십

장의 파지가 쓰레기통에 버려졌다. 결국 12월이 되어서야 편지를 보낼 수 있었다. 편지를 우체통에 넣으면서 나는 내 마음 조각까지도 그 안에 들어가는 듯한 느낌을 받았다. 그 상한 마음의 울음을 누구라도 좀 어루만져줄 수 없을까. 그러나 대통령으로부터도 나는 아무런 소식을 듣지 못했다.

그 어떤 소식이라도, 좋은 소식이 아니라면 좋지 않은 소식이라도, 나를 도울 수 없다는 내용의 답장이라도 받기를 기대했는데, 종내 아무런 소식도 없어서 나는 또 실망할 수밖에 없었다. 황야에 대고 소리를 지르면 이런 기분이 될까. 바다에 종이쪽지를 띄우고 기다리는 심정이 이럴까. 하지만 나는 여기서 그만두어서는 안 된다고 다짐했다. 아버지께서 살아 계시는 마지막 그날까지 나는 법무부에 계속 편지를 쓸 것이고, 조금이라도 도움이 될 만한 사람이라면 다 도움을 요청할 것이다. 그러한 노력은 내가 아버지께 드릴 수 있는 마지막 사랑인 것이다.

그런 노력이 정말로 아버지를 사면시킬 수 있다고 생각지는 않는다. 그러나 처음 아버지를 찾으려는 노력만으로 내가 만족했듯이, 아버지를 사면시키려는 노력도 마찬가지다. 노력조차 안 한다면 아무런 결과를 기대할 수 없지 않은가. 만약 그 어떤 성과라도 얻을 수 있다면 그 또한 축복일 것이다. 하지만 성과가 없다고 해도 적어도 노력은 해 보았으니까 후회는 없을 것이다. 아버지께도 내가 최선을 다하는 모습을 보여드리고 싶다.

그것은 아버지뿐만 아니라 나 자신을 위한 일이기도 하다. 한국을 떠나기 전에 내 최선을 다해서 사형만이라도 면하게 해드리고 싶다. 사면이 된다면 더욱 좋겠지만 그건 너무 큰 욕심이라는 것을 안다. 아버지는 두 사람을 죽인 큰 죄를 지었다는 걸 부정할 수는 없으니까 말이다. 내가 한국에 부탁하는 것은 내 유일한 혈육인 아버지의 생명을 구하는 것이다. 그것만이 내가 대통령과 법무부에 부탁하는 전부다.

이런 노력에 아무런 연락이 없는 것은 그래도 견딜 만했다. 내가 가장 견디기 어려웠던 것은 아버지가 2002년 12월 안에 사형당하실 수도 있다는 말을 들은 때였다. 법무부나 군 변호사, 대통령에게 절절한 편지를 쓸 때에도 실감나지 않던 아버지의 사형이 눈앞에 다가온 것 같아 나는 그만 울어버렸다. 내 유일한 혈육인 아버지가 돌아가실 날짜를 안다는 것은 감당하기 어려운 고통이었다.

누구나 자신의 미래에 대해서 모르는 편이 낫다. 우리는 미래에 대해 모르기 때문에 현재를 살아갈 수 있는 것이다. 만약 누군가에게 '당신은 몇월 며칠에 죽게 될 것입니다'라고 말한다면, 그 사람은 얼마나 두려움에 떨 것인가. 사형수도 마찬가지다. 아버지가 그 사실을 알고 두려워하면서 하루하루를 지내는 것을 나는 참을 수가 없다. 아버지는 사형 순서 중 첫 번째이기 때문에 만약 사형 집행이 시작된다면, 제일 먼저 돌아가실 것이다. 그 어느 누구라도 죽는 것을 보는 것은 슬픈 일인데, 그 당사자가 내 생부라는 사실을 눈 뜨고 지켜본다는 것은 너무나도 가슴 아픈 일이다. 나는 잠자리에 누워 이런 생각을 하다가 어린아이처럼 베개를 적시며 울고 말았다.

물론 내 아버지도 법의 공정한 심판을 받아야 한다. 단지 내 아버지라는 이유로 살인죄가 용서될 수는 없다. 그러나 사형이라는 것은 각 나라마다 약간 다르다. 현재 한국에서도 사형제도에 대해서 논란이 많은 것으로 알고 있다. 사형제도 자체를 없애야 한다는 의견도 많이 제기되고 있다. 만약 그런 의견이 지배적이 된다면 내 아버지도 사형을 면하게 될 것이다.

나는 무조건적으로 사형제도가 어느 나라나 없어야 한다고 생각지는 않는다. 만약 어떤 나라에 사형제도가 꼭 필요하다면 사형제도는 계속되어야 할 것이다. 예를 들어 미국에 사형제도가 없다면 살인이 난무할 것이다. 사람들은 서로를 쉽게 죽일 것이다. 미국은 매우 민주적이고 또 동시에 매우 적대적인 나라이기 때문에 사람들은 누구나 원하는 일을 자유롭게 한다. 그러나 제각기 원하는 일이 때로는 사회에 악영향을 미치는 나쁜 일이 되기도 한다. 분명히 미국에 사형제도가 없다면 살인이 훨씬 많아질 것이다.

그런데 내가 보아온 바로는 한국에는 살인이 흔치 않다. 내 생각에 한국에서는 사형제도가 폐지되어도 괜찮다고 본다. 한국은 미국에 비해 사람들이 매우 정이 많고 친절한 나라이기 때문이다. 한국에는 경찰과 군인 외에는 총기를 가진 사람이 없다. 민간인들이 총기를 소지하는 것을 한 번도 본 적이 없다. 미국에서는 길에서 우연히 마주친 사람이 누구라도 45구경이나 기타 총기를 소지하고 있을 가능성이 있다.

또 한국에서는 여자들이나 아이들이 혼자 돌아다니는데 이는 아주 평화로운 나라에서만 가능한 일이다. 미국에서는 이런 일이 절대로 불가능하다. 나는 나중에 내 아이들이 절대로 혼자 돌아다니지 못하게 할 것이다. 버스정류장이나 공원, 그 어디든 반드시 누군가와 동행하도록 할 것이다. 그에 비하면 무척 안전하다고 할 수 있는 한국에서는 사형제도가 폐지되어야 한다고 나는 말하고 싶다.

내가 어디에 있든, 한국에 있든 미국에 있든, 내가 열 번 스무 번 노력을 하고 요청을 해도 받아들여지지 않는다고 해도 나는 계속 노력할 것이다. 아버지가 살아 계시는 한 내 요청은 계속될 것이다.

성낙주의 아들 성진철

오늘 아버지의 아들이 되었습니다.
기억하세요. 하늘나라에서도…….

강 남구청에 왔다. 지금부터 내가 할 일은 필요한 서류를 제출함으로써 성낙주가 내 아버지이고 나는 그분의 아들이라는 것을 증명하는 것이다. 입양사무소에서 출생증명서와 함께 내 신원을 기록하는 등의 일은 이제 합법적으로 아버지의 아들이 되기 위한 절차다. 이미 2주 전에 충북 사무소에서 근무하는 관계자들이 친절하게도 아버지에 대한 정보를 이쪽에 팩스로 보내주었다. 그러니 내가 충북까지 갈 필요 없이 이곳에서 모든 것을 해결할 수 있는 것이다.

오늘, 나는 이 서류를 받았고 지금 제출할 것이다. 그리고 앞으로 7일에서 10일 사이에 한국 정부로부터 공식적으로 성낙주가 내 아버지라는 승인을 받을 것이다. 내가 그 사실을 꼭 증명하고자 하는 이유는, 아버지께서 사형을 당하셨을 때 아버지의 소원대로 아버지의 시체를 화장하여 어머니의 몸이 뿌려진 한강에 함께 뿌려드리기 위해서다. 그러기 위해서는 내가 아버지의 시체를 인도할 수 있어야 하고, 내가 합법적인 아들이라는 근거가 있어야 한다.

나는 소영과 함께 구청 창구 앞에 섰다.

"소영아, 내 아버지의 관련 서류들 복사본 있어? 그 복사본에 아버지한테 아들이 세 명 더 있었다는 것도 나와 있어? 오늘 떠나기 전에 그 복사본을 하나 가졌으면 좋겠는데…… 그게 원본이야?"

정말 신기하게도 친아버지에게는 나 외에도 아들이 셋 더 있다.
그들은 친아들이 아니다. 내가 미국에 입양된 것처럼, 아버지는 세
아들을 입양하셨다. 애리조나의 내 양부모님이 아이를 셋 입양하
여 키우신 것처럼 내 친아버지도 똑같이 아이를 셋 입양한 것이다.
물론 친아버지는 미국의 내 양부모님처럼 완전한 가정 속에서 부
유하고 행복하게 아이들을 키우지는 못하셨다. 그러나 갈 곳 없고
아무데도 법적 근거가 없는 아이들을 자신의 호적에 올림으로써
그 아이들이 앞으로 대한민국의 국민으로 살아나갈 수 있도록 법
적 보장을 해주신 것이다. 그리고 죄수의 몸이지만 최대한 그 아이
들에게 사랑을 주기 위해 노력하고 계셨다. 나는 그런 아버지가 정
말 좋았다. 그래서 그 복사본을 하나 갖고 싶었던 것이다. 소영은
그 서류는 매우 간단한 절차로도 얻을 수 있는 것이라 했다.

"그 서류는 언제든지 얻을 수 있는 서류야."

"그럼 이렇게 하자. 도장이 찍혀 있던 서류 있잖아? 그거 복사
본을 하나 만들어서 소영이가 갖고 있어. 그래야 혹시 소영이가 궁
금한 점이 생기면 그 서류를 보고 참고할 수 있잖아."

"그 서류를 갖고 싶으면, 오늘 이 사람들에게 요청을 해서, 나중
에 받아야 할 거야."

이 서류를 제출하는 순간, 나는 내 아버지에 대한 합법적인 권

리를 행사할 수 있는 것이다. 나는 어디 주머니에 넣었다가는 그만 잃어버릴세라 인지신고서를 손에 꼭 들고 기다렸다. 그리고 만약 내가 부재중이라면, 소영이 나 대신 언제든지 이런 서류를 받을 수 있는 건지 궁금했다. 예를 들어, 만약에 내가 미국에서 소영에게 내 신용카드를 빌려주고 싶으면, 내 신분증을 복사하고 사인을 해서 권리를 양도할 수 있는지 말이다. 그래야 언제든지 한국에 있는 아버지에 관한 일들을 쉽게 처리할 수 있을 것 같았다.

소영은 그 일에 대해 직원에게 물어보았다. 그러나 직원은 고개를 갸우뚱하며 옆 창구를 가리켰다. 소영은 옆 창구로 가서 또 물어보았다.

"본인 아니고 대리인이 올 수 있어요? 가능해요?"

무언가 제대로 답변을 받지 못했는지 소영은 또 다른 창구의 직원에게 물어보았다.

"얘 호적이 여기거든요. 이 친구가 지금 이 호적이 없어지고 아버지 밑으로 들어가거든요. 이리 들어간다는 얘기죠. 근데 이게 아버지한테 들어가는 게 일 주일에서 열흘 정도 걸리거든요. 지금 신청하면 아버지 것밖에 안 나오잖아요."

직원은 다급한 나와 소영의 심사와는 달리 사무적으로 대답했다.

"그렇죠. 지금 호적등본을 떼면 아버님 것만 나오죠."

"그럼 얘가 지금 본적을……. 이거 써요, 이거 써요? 일 주일 후면 이걸로 들어가거든요."

소영은 계속해서 어깨를 으쓱하고 고개를 갸웃거렸다. 그래서 나는 또 물었다.

"다른 대리인이 기록을 보거나 변경할 수도 있는 거야?"

이 질문에는 답을 쉽게 얻었다.

"다른 대리인도 아버지의 기록을 조회할 수는 있대."

나는 이 점이 마음에 들지 않았다. 미국에서는 절대로 있을 수 없는 일인 것이다. 미국에서는 이런 절차에서 비밀이 철저히 보장된다. 만약 소영이 내 가장 친한 친구이고, 어느 날 내가 무슨 일로 죽었다 해도, 소영은 나의 기록을 절대로 볼 수 없다. 내 기록을 볼 수 있는 사람은 부모님이나 형제와 같은 합법적인 대리인뿐이다. 그러나 소영과 나는 형제가 아니고 아버지와 아들 사이도 아니기 때문에 소영은 나의 과거 기록을 절대로 볼 수가 없다. 하지만 소영에 의하면 한국에서는 이런 일이 가능하다고 했다. 그래서 나는 좀 놀랐다.

나는 다른 사람들이 내 아버지의 기록을 보거나 기록에서 무언가를 변경하는 것을 원하지 않았다. 그저 사람들이 내 아버지를 내버려 두었으면 하는 것이 내 유일한 바람이었던 것이다. 범죄를 저지르고 감옥에 있는 것만으로도 아버지는 충분히 가슴 아파하실 것이므로, 사람들이 아버지를 좀 내버려두고 남은 인생을 즐기실 수 있게 해줬으면 했다. 그것이 그때나 지금이나 나의 가장 큰 바람이다. 아버지께서 남은 인생을 즐기시는 것 말이다. 내가 허락하는 유일한 사람은 소영이다. 왜냐하면 소영은 처음부터 나와 함께였으니까. 그러나 곧 나는 소영의 말을 잘못 이해했다는 것을 알았다. 소영이 한 말은 다른 사람들이 내 아버지나 심지어 나의 기록까지도 조회할 수는 있지만, 변경할 수는 없다는 말이었다.

"그건 이 사람들도 변경할 수 있는 것이 아니야. 네 아버지만 변경할 수 있어."

그렇다면 소영도 나의 대리인으로서 조회는 해볼 수 있다는 것이었다. 정말 다행이었다.

인지 신고서에는 '도진철' 이라는 이름과 '성낙주' 라는 이름이 씌어 있었다. 나는 연거푸 두 이름을 읽었다. 이제 다른 두 성은 하나가 될 것이다. 나는 직원에게 직접 인지 신고서를 주었다. 직원은 신고서를 보더니 중얼거렸다.

"지장을 찍으셨네. 사인이 아니고……."

나는 무슨 문제가 있나 싶어 의아했지만 다행히 아무런 문제도 없었다. 그러고는 직원은 나에게 호적등본을 요청했다. 그러나 나는 호적등본을 가지고 있지 않았다. 호적등본을 다시 떼는 데는 시간이 많이 걸릴 터였다. 내 호적은 강남구로 되어 있었다. 그러나 아버지는 제천으로 되어 있었고, 나의 본적은 아버지를 따라가야 했다. 그러나 우리는 그 모든 것들을 확인할 아무 서류도 없었다. 모든 것이 불분명할 뿐이었다. 나는 초조해졌다. 직원 세 명이 뭐라고 이야기를 하더니 한 명이 다가와 말했다.

"확인을 할 수가 없어요. 그냥 받는 수밖에 없어요."

소영이 급히 대꾸했다.

"저희가 보고 그대로 쓴 거거든요."

직원은 할 수 없다는 듯 받아주려는 제스처를 했다.

"제대로 쓰신 거죠? 연락처만 알려주실래요?"

소영은 직원에게 연락처를 알려주었다. 직원은 연락처를 받고는 결과에 대해 이야기해주었다.

"제천시죠. 여기서 본인이 신원조회해 가지고 내일이나…… 모레나 가봐요. 우편 발송이 되고 나면 만 3~4일 후에 도착하니까요."

"결과가 누구한테 오나요? 따로 오지 않나요?"

"오지는 않고 제천시에서 떼보시면 돼요. 아마 성하고 본하고 바뀌어 있을 거예요. 본관이 어딘지도 나와 있을 거구요."

직원은 인지신고서에 한문으로 적어주며 말했다.

"성하고 본이 창녕으로 바뀔 거예요. 성은 성진철이 되고, 본도 창녕으로 바뀌고, 본적도 제천시 이걸로 바뀌고…… 강남구에 가서 제적시키세요. 제천에서 새로 만들고……. 그럼 끝나는 거죠."

그렇게 해서 나는 마침내 사형수 성낙주의 아들 성진철이 되었
다.

함께하지 못한 날들

정지된 시간의 흔적으로나마
아버지께 내 생애를 드립니다…….

아주 특별한 사진 앨범, 그것으로 될까. 내 삶의 흔적을 아버지가 조금이나마 느낄 수 있을까.

나는 아버지께 아주 특별한 사진 앨범을 드리기 위해서 다시 지하철을 타고 서울로 올라왔다. 사진들은 닳아 사라지지 않으니까 언제든지 갖고 있을 수 있을 것이다.

나는 곧 한국을 떠나야 했다. 내가 없는 동안 아버지께서 내 체취를 기억하고 계실 수 있는 무언가를 남겨 드리고 싶었고 고민 끝에 사진첩을 만들기로 한 것이다. 일반적인, 한 20달러 주면 살 수 있는 그런 사진첩이 아니라 정말 시간과 노력을 담아서 만든 특별한 사진첩을 만들고 싶었다. 아버지가 내게 매우 특별한 분이므로 나 역시 그분께 특별한 사람이 되기 위해 매우 특별한 선물을 드려야 한다. 그 선물 속에서 나를 기억하실 수 있게 말이다.

오렌지색 3호선을 타고 미리 약속되어 있던 스튜디오로 갔다. 이미 각 사진의 내용은 한글과 영어로 준비해두었다. 콜로라도에서 맞이한 내 첫 생일 사진부터 시작해서 자라는 동안의 내 모든 생애의 기록이 담겨 있다. 물론 이 사진첩을 잘 만들기 위해서는 원본 사진들이 필요하고 때로는 필름도 있어야 하지만, 작업이 끝난 후에는 그 모든 자료들을 돌려받고 싶었다. 한 장도 잃어버려서는 안 되는 것이다. 나는 그 점을 여러 번 사진사에게 이야기했다. 이 앨범은 크리스마스 선물이면서 작별선물도 될 것이다. 나는 곧 떠날 것이기 때문이다.

그 사진들 중에는 내가 처음 아버지를 찾으려고 하던 때의 모습, 1996년의 사진도 있다. 내게 큰 도움을 주신 입양기관의 담당자 선생님과 찍은 사진도 있고, 어린 나를 직접 돌봐주신 양어머니와 누나의 모습도 있다. 광주 고아원 할머니의 모습도 있고, 소영과 그의 약혼녀도 있다.

나는 그 모든 사진들에 순서를 정했으며, 앨범이 그 순서대로 만들어지기를 원했다.

"음…… 그렇게 어려운 작업은 아니에요."

사진사는 고개를 끄덕였다.

"이런 부분은…… 원본이 너무 흐리면 편집상 안 들어갈 수도 있고 짤릴 수도…….

사진사는 사진 상태와 전체적인 편집 순서에 따라서 좋지 않은 부분을 잘라낼 수도 있다고 했다. 적당한 평균치의 사이즈를 가지고 골라야 한다고 했다. 그런 건 아무래도 좋았다. 내가 원하는 것은 아름다운 앨범이었으며, 사용된 후의 사진들은 원본에 손상없이 꼭 돌려받고 싶다는 것뿐이었다.

각 사진의 하단에는 적당한 글귀들을 넣었다. 특히 첫 페이지는 '아버지께 드리는 글'로 장식하고 싶었다. 두 번째 페이지에는 어릴 적 사진을 순서대로 넣었다. 앨범은 디지털로 작업한다고 했다.

그리고 모든 문구는 한글과 영문이 같이 들어가도록 하였다. 그러나 모든 페이지가 동일하지는 않고, 사진 옆에 글씨를 놓는다든가 사진 속에 글씨가 겹치는 등 다양하게 디자인되도록 하였다. 그리고 필요한 경우 색깔이 좀 더 깨끗해질 수 있도록 보정하기로 했다. 최대한 자연스럽게 말이다.

그리고 가장 중요한 것 중 하나인, 아버지께 처음 받은 편지의 봉투도 우표까지 다 새것처럼 보이게 해서 앨범에 넣었다.

"여기 이 편지는…… 여기 날짜가 있죠. 2000년 2월. 아버지한테서 처음 받았던 편지입니다. 나는 한국말을 전혀 못하지만 그래도 즉시 번역해 읽었습니다. 첫 편지예요. 당신에 대한 설명을 적어 놓으셨고, 당신이 누구신지, 내가 몇 년도에 태어났는지 등등이 적혀 있어요. 이 편지는 정말 나에게 여러 가지 의미가 있답니다."

사진사는 이해한다는 듯 꼼꼼히 편지를 들여다보았다.

그 첫 편지는 아버지가 나에게 처음 접촉을 시도한 것이고, 당신께서 나를 만날 준비가 되셨다는 신호였다. 아버지는 내가 모르고 살아온 모든 상황을 알고 계셨다. 나의 존재를 알고 난 후 삼 년이라는 시간이 지난 뒤에야 아버지는 나를 만날 준비가 되셨고 고통스런 과거를 잊어버릴 준비가 되셨던 것이다. 내가 지금 내 좋지 않은 과거를 다 잊을 준비가 된 것처럼 말이다.

또 사진첩은 가슴 아픈 기억들뿐만 아니라 재밌는 것이 됐으면 좋겠다고 생각했다. 아버지의 고독한 생활을 즐겁게 할 수 있는 것으로 말이다. 그래서 시애틀에서 즐겁게 지내던 모습의 사진들도 많이 넣었다.

"얼마나 걸릴까요?"

"일 주일쯤이요. 실은 그렇게 끝내려면 날밤 새면서 일해야 돼요."

"정말 고맙습니다."

사진사는 최선을 다하는 모습을 보여주었다.

"음…… 할 수 있으면 이 자리에다가 '아버지, 이 편지로 우리의 모든 것을 시작해주셨습니다.' 라고 쓰면 어떨까요? 아니…… '아버지. 이 첫 편지로 우리 둘의 모든 것이 시작됐습니다.' 라고 써주세요."

나는 미안한 마음으로 마지막 요구를 하였다.

곧 크리스마스가 다가올 것이다. 수많은 종류의 선물들이 백화점과 길거리에 나와 있는데 굳이 사진첩을 준비한 이유는 첫째, 아버지가 보고 즐길 수 있었으면 했기 때문이다. 또 다른 이유는, 내가 진정으로 나의 인생을 즐겨왔다는 것을 알려드리고 싶기 때문이다.

내가 콜로라도에 있건 애리조나에 있건 한국에 있건 일본에 있건, 어디에 있건 나는 내 인생을 즐기면서 살아갈 것이다. 아버지가 그걸 알았으면 한다. 내가 내 인생을 꽉 채워 즐기고 있다는 것을 아버지한테 알려드리고 싶다. 또, 내가 아버지를 사랑한다는 것도 말하고 싶다. 나는 평소에 아버지 생각을 정말 많이 한다. 그걸 느끼게 해드리고 싶어서 이 사진첩을 정말로 특별하게 만들려고 많이 애썼다. 아버지를 내가 정말로 사랑한다는 걸 알려드리고 싶다.

이제는 아버지를 자주 못 볼 것이다. 이미 한국에서 16개월을 근무했고 더 이상 연장하기는 어렵다. 앞으로는 아버지를 자주 만날 수가 없지만, 내가 아버지를 사랑한다는 것을 아버지가 항상 알아주셨으면 한다.

이번 12월 28일 금요일에 광주에 계신 아버지 찾아뵈면 추운 감옥에서 입으실 내복과 옷가지들을 드린 후에, "아버지, 선물이 있습니다."라고 말할 것이다. 미리 이 사진첩을 가져간다고 알려드리지 않고 있다가 놀라게 해드리고 싶다. 물론 내 손으로 직접 아버지께 드리고 싶지만 그렇게 하지는 못한다. 내가 간수에게 전하면 간수가 아버지께 전할 것이다. 그러고는 그냥 "첫 페이지를 읽어보시면 모든 이야기가 다 들어 있을 겁니다." 하고 말씀드릴 것이다. 딱 그렇게만 말할 것이다. 그게 뭔지 물어보시면 "아버지, 알려드리고 싶었던 거예요. 우리 사이에 있었던 많은 일들의 얘기에요." 라고만 말할 것이다. 그날이 기다려진다.

마지막 만남

아버지는 잘 견디고 계신다.
내가 더 이상 창살을 사이에 두고 아버지를 만나고 싶지 않다고 말했을 때
나와 아버지는 둘 다 무너질 것만 같았다…….

마지막 방문은 힘들었다. 마지막 만남조차 아버지와 나 사이
에 유리창이나 창살을 두고 싶지는 않았다. 이 세상 저 뒤,
건너올 수 없는 그 멀리에 계신 아버지를 바라보는 것이 너무나 견
디기 힘들었다. 아버지를 안아드리고 싶었다. 아버지께 내 몸을 느
끼게 해드리고 싶었다. 사람 사이에는 접촉이 필요하다. 특히 사랑
하는 사람 간에는 손을 잡기만 해도 통하는 게 있다. 그렇게 할 수
없는 상황이 결국 나를 무너뜨렸고, 눈물의 둑이 터져 나는 감정을
억제하지 못하고 울음을 터뜨렸다.

아버지와 만나는 마지막 날인데, 우는 모습을 보이고 싶지 않았
다. 그러나 결국은 그렇게 눈물이 터지고 만 것은, 내가 아버지에
게 많은 질문을 해야 했기 때문이다. 아버지가 사형을 당하신 뒤에
어떻게 묻히고 싶으신가에 대해 물어야 했고, 내 임의로 처리하기
전에 아버지께서 원하시는 게 뭔지 듣고 싶었다. 나는 고통을 견디
고 현실적이 되어야 할 필요가 있었다. 언제 아버지의 사형이 집행
될지 모르는 것이다. 나는 마음속으로 계속해서 다짐해야 했다.

'우리는, 아버지와 나는 현실적이 되어야 한다. 나는 억만장자
도 아니고 매일같이 한국에 올 수도 없다. 지금처럼 아버지를 자주
찾아뵐 수도 없다. 지난 1년 반 동안은 내가 한국에 살고 있었기
때문에 아버지를 자주 만날 수 있었지만, 미국에 있다면 아버지를
만날 수 없다. 적어도 내년까지는 아버지를 만나지 못할 것이다.

냉정해지자. 담대하게 이 일을 처리해야 한다.'

그렇게 생각하는 동안에도 자꾸만 가슴속에 뜨거운 물이 차오르고 있었다. 잠시 울먹이다가 나는 어떻게라도 아버지를 위로하고 싶어 아버지를 안심시켰다.

"아버지의 사형 집행이 확정되면 제가 바로 한국에 올게요. 아버지가 제대로 묻히실 수 있도록 할게요."

그리고 어떻게 매장되기를 원하시는지, 어머니의 시신이 뿌려지신 한강 같은 데가 좋을지 질문을 하기 시작했다. 나에게 하시고 싶은 말씀이 있으면 다 해달라고 했다. 어떻게 매장되기를 원하시는지 많은 질문을 하고 나서 난 더 이상 아무 말도 할 수 없을 만큼 목이 메었다. 아버지를 뵙는 게 이번이 마지막일지도 모른다는 사실이 커다란 돌덩이처럼 나를 짓눌렀다.

아버지를 처음 뵈었을 때는 솔직히 '내가 지금 옳은 일을 하고 있는 건가? 도대체 이 사람은 누구란 말인가?' 하는 생각을 했다. 생전 처음 보는 아버지였고, 더구나 사형수였다. 아버지라는 느낌이 들지 않는 것은 당연한 일이었다. 나는 계속 아버지의 얼굴을 쳐다보면서도 머릿속으로는 끊임없이 '이게 무슨 일일까? 도대체 무슨 일이 벌어지고 있는 걸까?' 하는 생각이 떠나지 않았다. 아마도 언어의 장벽이 가장 큰 요인이었을 것이다. 하지만 소영과 함께 찾아뵐 때마다 점점 마음이 더 편해졌다. 점점 서로를 알게 되면서 친숙해진 것이다. 이 세상의 어떤 관계라도 그럴 것이다. 누구나 처음에는 적당한 인사를 주고받으면서도 서로 어색하고 별로 가깝지가 않다. 하지만 계속 만나면서 갈수록 가까워지고 보다 심도 있는 질문을 하게 된다. 아버지와도 마찬가지였다. 그러나 일반 사람들과 아버지는 분명히 차이가 있었다. 아버지와는 일반 사람들에게서보다도 더 강력한 유대감을 느낄 수 있었다. 그분은 낯선 남이 아니라 내 아버지였기 때문이다.

아버지와의 만남은 예를 들자면 여러 개의 막대기와 같다고 할 수 있다. 그냥 몇 개의 막대기만 있으면 맨손으로 부러뜨리기가 쉽다. 하지만 막대기가 하나씩 늘어날수록 무릎에 대고 쳐도 부러뜨릴 수가 없다. 꼭 부러뜨려야만 한다면 도끼 같은 걸 가져와서 막대기 뭉치를 부러뜨려야 한다. 나와 아버지의 관계는 그런 식으로 설명할 수 있다. 우리의 유대가 여러 개의 막대기처럼 깊어질수록 깨뜨리는 게 불가능해지는 것이다. 지금 나는 내 아버지에게서 그런 강한 유대감을 느낀다.

처음 서너 번 아버지를 만났을 때 고아원 할머니께서 탄원서를 냈고, 그 탄원서가 받아들여졌다고 들었다. 그러고 나서 아버지를 만나니 훨씬 마음이 편한 걸 느낄 수 있었다. 아버지가 사형을 안 당하고 계속 사시게 될 거라고 생각했기 때문이다. 그래서 나 스스로 한 약속 중 하나는 한국에 있는 동안 아버지를 최대한 많이 만나겠다는 것이었다. 그래서 내가 지금까지 한국에 머물게 된 것이다. 아버지를 만나면서 내 혈통의 특징에 대해 알고 싶었다. 예를 들어 50살이 되면 내가 대머리가 될 것인지, 이중턱이 될 것인지, 뚱뚱해질 것인지, 부모님과 그 뿌리에 대한 것은 뭐든지 알고 싶었다.

그러나 나중에 교도소에 확인을 한 결과 아버지는 여전히 사형수라는 말을 들었다. 교도소 책임자 중 한 분에게 확인을 했는데 아버지에 대한 탄원은 받아들여지지 않았고 여전히 사형수로 기록되어 있다는 것이다.

나는 마음의 준비를 해야 했다. 모든 인간은 죽게 되어 있고, 나도 언젠가는 죽을 것이다. 이제 바랄 수 있는 단 한 가지는 아버지께서 행복하게 돌아가시는 것뿐이다. 아버지께서는 분명히 매우 편안한 상태에서 돌아가시게 될 것이다. 아버지는 편지에 자신이 바라는 유일한 것은 나를 만나보는 것이라고 했고, 매번 나를 만날 때마다 아버지 건강이 좋아지는 것을 느낄 수가 있었다.

아버지를 처음 만났을 때 아버지는 자기 자신을 돌보지 않아서 매우 마른 상태였다. 그런데 나를 만날 때마다 아버지는 건강이 점점 더 좋아지셨고 더 행복해 보였다. 아버지는 나를 만난 것으로 여한이 없다고 말씀하셨다. 아버지는 기독교인이라고 하셨고 나는 그것으로 아버지에 대해 많은 부분 마음을 놓게 되었다. 나 역시 기독교인이다. 그래서 아버지께서 내일 돌아가신다고 해도 슬프지 않다. 왜냐하면 하늘나라에서 아버지를 다시 만날 수 있다는 것을 알고 있기 때문이다.

물론 속세적인 관점에서는 아버지를 제대로 알 기회가 없어졌기 때문에 슬플 것이다. 나는 아버지뿐 아니라 그 누구도 죽는 것은 바라지 않는다. 그러나 아버지께서 내일 돌아가신다 해도 나는 계속 행복하게 살아갈 것이라는 사실을, 아버지께서 알아주셨으면 한다. 아마 아버지께서는 이미 그렇게 생각하고 계실지도 모른다.

그러나 만약 아버지와 하루를 자유롭게 보낼 수 있는 시간이 주어진다면, 하루의 반은 이곳 한국에서 보낼 것이다. 대부분의 시간을 아버지와 함께 걸으며 보내고 싶다. 아버지가 감옥의 벽과 간수가 없는 곳에서 편안함을 느끼게 해드리고 싶다. 감옥의 벽과 간수들이 없는 곳에서 자유를 만끽하게 해드리고 싶다. 그렇게 하루의 반은 한국에서 보내고 초음속 비행기로 미국에 빨리 갈 수 있다면 내 가족을 만나게 해드리고 싶다. 내게 있어 가장 중요한 것은 내 가족이다. 그러니 내 소중한 친아버지에게 내 소중한 가족을 보여드리는 것은 당연하다. 다 같이 모여서 맛있는 저녁 식사도 하고 뭐든지 즐거운 일을 하고 싶다.

미국으로 가는 비행기 안에서도 즐겁게 보내고 같이 사진도 찍고 싶다. 하루의 반은 아버지께서 아버지의 인생을 보여주시고, 나머지 반 동안은 거꾸로 내 인생을 아버지께 보여드리는 것이다. 비록 반나절 안에 모든 것을 보여드리는 것이 불가능하다고 해도 최대한 즐거운 모습만을 보여드리고 싶다.

또 아버지께 내가 얼마나 풍요로운 평화를 가지고 있는지도 알려드리고 싶다. 아버지가 어떤 잘못을 하셨든 내 마음속에는 평화가 있고 아버지를 조금도 부끄러워하지 않는다는 것을 알려드리고 싶다. 만약 아버지께서 내일 사형을 받으셔야 한다면, 우리 둘의 사진을 가져가 그 사진 뒤에 이렇게 써드리고 싶다.

"아버지, 평화롭게 잠드세요. 첫째, 저는 아버지를 용서했고, 둘째, 아버지는 제 사랑을 받으셨고, 셋째, 우리는 하늘나라에서 영원히 함께할 것이기 때문입니다."

그 사진을 손에 들고 아버지는 평온하게 가실 수 있을 것이다.

나는 마지막 만남 뒤에 아버지께 이렇게 기도해드렸다.

"아버지, 아버지를 만난 것은 제게 큰 축복이었습니다. 저는 죄인이지만 지금까지 제 인생은 아주 완벽했습니다. 아버지께 다섯 가지를 말씀드리고 싶습니다. 첫째, 저는 아버지를 용서합니다. 둘째, 나머지 삶을 평화 속에서 사십시오. 셋째, 아버지는 제 사랑을 받고 계십니다. 아버지 정말 사랑합니다. 저는 아버지를 비록 잘 모르지만 제게 생명을 주셨고 이 세상에 태어나 살아갈 기회를 주셨기 때문에 사랑합니다. 넷째, 계속해서 하느님을 믿으십시오. 그리고 다섯째, 저는 하늘나라에서 아버지를 다시 만날 것입니다. 약속드립니다. 그러니, 나머지 인생을 평화 속에서 살아가시고, 어떤 상황 속에서도 기쁘게 사십시오."

내가 가장 두려워하는 것은 현재 상황이 돌아가는 방식을 봤을 때, 아버지의 사형이 집행된 지 한 달이 지난 뒤에야 내가 그 사실을 알게 될지도 모른다는 점이다. 나는 한 달 후가 아니라 바로 그날 알고 싶다. 사형이 집행되기 일 주일 전에 미리 알아서 내가 한국에 올 수 있기를 바란다. 그래야 집행이 끝난 후에 아버지의 시신을 내가 수습할 수 있을 테니까 말이다. 나는 아버지에게 최대한의 공경을 표하고 싶다. 아버지의 사형이 집행되면 아들인 내가 바로 시신을 수습해서 일을 마무리하고 싶다. 책 한 권을 끝내는 것과 비슷하다. 그게 마지막 장이라고는 단정하고 싶지는 않지만, 만약 그렇게 된다면 아버지 삶의 그 마지막 장을 내가 마무리하고 싶다. 그래야 아버지와 내 만남의 끝을 가장 아름답게 장식할 수 있을 테니까……

삶은 계속된다

어머니, 아버지는 천국에서 나를 보살펴주실 것이다.
이 세상에서 보살펴주지 못한 그 몫까지…….

이제 나는 떠나야 한다. 마을의 좁은 도로에 면한 3층집, 한국에서의 내 생활을 따뜻하게 감싸준 내 보금자리, 내 집을 떠나야 한다. 여러 가지 마음의 짐들이 있지만 나는 가장 산뜻하게 그 짐들을 싸기로 했다.

짐 싸는 인부들은 이런저런 나의 부탁에 잘 응해주었다. 내게는 다른 어떤 짐보다도 사진 액자가 중요하다. 그래서 어머니의 모습이 담긴 사진 액자는 내가 직접 가지고 가려고 한다. 만약의 경우 다른 짐은 다 잃어버려도 어머니와 나 자신은 남을 테니까……. 여권, 항공권, 출생증명서 같은 것 역시 직접 가지고 다닌다. 또 미국 출생증명서는 항상 보여줄 수 있도록 직접 가지고 다닌다.

그 모든 것들과 함께 내 삶과 내 기억은 나를 따라다닐 것이다. 그렇다. 특히 사진 속의 어머니의 영혼은 내가 어디에 살든지 내가 사는 집을 보실 수 있을 것이다. 그래서 어머니의 사진은 특별히 내 가방에 넣는 것이다.

"여기 이 가방 위에 있는 것들은 손대지 마세요. 감사합니다."

인부들에게 특별히 부탁했다.

내 짐 중에는 CD가 특별히 많다. 두 상자 정도 된다. 그리고 그 다음 많은 짐이 책이다. 용산에서 여기로 이사 올 때는 내가 직접 모든 짐을 쌌는데 정말 힘들었다. 이제는 인부들이 있으니 다행이다.

재미있는 짐 중의 하나는 차 번호판이다. 내 봉고차 번호판인데, 2월부터 4월까지 몰았다. 4월 말에 차가 고장 나서 폐차 처리했는데 폐차 직전까지 재미있게 몰고 다녔다. 폐차할 때 이 번호판을 간직하기 위해서 떼어낸 것이다. 번호판에는 '경기'라고 씌어있다. 내가 세계 어느 나라에 있든지 한국 차 번호판을 가지고 있다는 것은 멋진 일이다. 이걸 평생 간직할 생각이다.

그 낡은 봉고차는 매매한다는 광고를 보고 전화를 해서 샀다. 군부대에서는 대부분 4도어 차를 모는데, 봉고 트럭을 모는 일은 거의 없다. 그래서 특별히 봉고라는 말에 매력을 느꼈다. 나는 특이한 것을 좋아하고 트럭 운전하는 것도 좋아했으니까 말이다. 그런데 불행히도 얼마 가지 않아 폐차 처리해야 했다. 그래도 좋았다. 그 낡은 봉고 트럭이 한국에서의 내 첫차다. 겉모양도 형편없었고 바닥에는 구멍까지 나 있었으며 수동이었다. 기어를 바꿀 때면 바닥에 난 구멍 속으로 발이 빠지곤 해서 매우 조심해야 했다. 처음에는 조심했지만 얼마 지나지 않아 발을 들고 기어를 바꾸는데 곧 익숙해졌다. 친구들 중 몇몇은 그 차를 운전하다가 발이 구멍에 빠져 깜짝 놀라곤 했다. 추억이 많아 간직할 가치가 있는 번호판이다.

여러 가지 짐을 챙기다 보니 아무래도 액자까지 가방에 넣는 것은 무리여서 액자에서 사진만 빼어 CD 가방에 넣었다. 내가 이삿

짐 싸는 걸 보고 사람들은 내가 정리정돈을 잘한다며 칭찬했다. 양부모님도 정리정돈을 잘하셨다. 양어머니께서는 항상 집 안과 차를 깨끗하게 정리하셨다. 그 영향 덕분인지 몰라도 나 역시 더럽고 어질러진 곳에서 살고 싶지 않다. 어떤 사람들은 정리를 잘 하지 않고 방바닥에 신발을 함부로 벗어놓곤 하는데 나는 그런 것을 싫어한다. 나는 남자치고는 깨끗한 것을 좋아하는 편이다.

저녁 식사 후에는 바로 설거지를 한다. 어떤 사람들은 다음 날로 미루기도 하는데 나는 그런 경우가 거의 없다.

가끔씩 한두 번 그런 경우가 있지만 일상적으로는 거의 없다. 집안의 여러 가지 물건들도 항상 잘 정돈하는 편이다. 대체로 처음 받은 인상은 끝까지 가게 마련이다. 그러므로 다른 사람들이 내 집에 와서 설거지가 잔뜩 쌓인 것을 보고 내가 지저분하다는 인상을 갖게 되는 것을 원치 않는다. 다른 사람들이 내가 매우 깨끗하다고 생각하길 바란다.

내 소중한 짐 중에는 그림일기도 있다. 그것은 여덟 살인 내 조카가 그린 것인데 내가 아버지를 찾은 것을 축하하는 내용이다. 거기에는 "아빠를 찾은 우리 삼촌"이라고 적혀 있고 그 아래엔 사랑한다고 씌어 있다. 나는 조카와 매우 친하고 조카를 정말 사랑한다.

조카는 그 그림일기로 학교에서 일등상을 받았다. 조카는 내 눈을 정말 우습게 그려 놓았다.

"우리 삼촌이 태어났을 때, 삼촌의 부모님은 아기를 기를 수가 없어서 고아원에 맡겼습니다. 삼촌은 그 고아원에 잠시 머무르고 있었는데, 우리 할머니 할아버지가 삼촌을 입양했습니다. 시간은 빨리 흘렀고, 그래서 삼촌은 자라 어른이 되었습니다. 삼촌은 군대에 입대했고, 우리 가족은 플로리다에 가서 삼촌을 만났습니다. 그리고 이제 삼촌은 집으로 돌아왔고, 우리는 삼촌이 진짜 아빠를 찾았다고 들었습니다."

또 다른 일기에는 이렇게 적혀 있다.

"삼촌의 아빠는 한국에 계신데 사람을 죽여서 감옥에 갇히셨습니다. 삼촌은 한국에서 잠시 살았는데 이제 곧 미국으로 올 것입니다. 우리 삼촌은 아주 좋은 삼촌이고 나는 삼촌과 노는 것을 좋아합니다. 나는 삼촌을 절대 잊지 않을 것입니다."

그리고 자기 자신에 대한 소개도 있다.

"베스는 여덟 살인데 친구들과 노는 것을 좋아합니다. 베스는 애완동물 두 마리를 가지고 있습니다. 개와 기니피그 두 마리입니다. 베스의 엄마 이름은 에이미고, 아빠 이름은 마크이고, 오빠 이름은 그레이엄, 언니 이름은 레베카입니다."

혼자 살아야 하는 생활 속에서 가끔씩 조카의 그림일기를 보면 내 삶이 얼마나 행복한가 하고 웃게 된다. 어른들에게 아이들은 그런 기쁨을 준다. 삶의 신선한 자극 같은 것 말이다.

이삿짐을 싸는 기분은 너무나 흥분된다. 지금부터 나는 내 인생을 새로 시작할 것이다. 군에 6년 동안 있었는데 이제는 새로 민간인으로 돌아가 새 인생을 살게 된다. 그래서 매우 흥분된다. 그리고 동시에 한국에서의 기억들과 그 의미에 대해서도 많이 생각하고 있다. 아주 좋은 추억이었으며, 아버지, 친구들, 그리고 한국을 아주 많이 그리워할 것이다.

1996년에 한국에 처음 왔을 때보다 훨씬 더 많은 일들을 했다. 부산, 속초 등 한국 각지도 돌아봤고 더 많은 사람들을 만나봤으며 그들과 더 가까워질 수 있었다. 특히 이번에 한국에서 보낸 시간들은 아버지 때문에 더욱 특별했다.

아버지는 내가 한국에서의 생활을 즐길 수 있는 동기를 주셨다. 그러나 작게는 후회스러운 일들도 많다. 예를 들면 돈을 많이 저축하지 못한 것, 여자친구나 미래의 아내를 만나기 위한 일에 시간을 많이 투자하지 못한 것 등이다.

무척 중요한 일들은 아니지만 그래도 약간은 후회가 된다. 한국을 떠나는 지금까지 여자친구가 없다는 것은 아무래도 좀 쓸쓸한 일이다. 무엇보다도 가장 크게 후회가 되는 것은 모국어인 한국말을 많이 배우지 못한 것이다. 그 외에는 원하는 일을 다한 것 같다. 아버지를 매달 찾아뵈었고 가족과 친구들과도 최대한 연락을 자주 했다.

나는 짐을 다 싸고 군복을 입고 군화를 신었다. 군복 가슴에는
미국인으로서의 내 이름, 애런 베이츠가 씌어져 있다. 군에서는 액
세서리를 할 수가 없기 때문에 목걸이 같은 것은 다 빼야 한다. 한
가지 허락되는 것은 반지뿐이다.

준비가 다 되었다. 이제는 출발할 준비가 다 된 것이다. 밖은 몹
시 춥다. 인부들은 추운데도 차 위로 짐을 열심히 올려주고 있었
다. 나는 미안해져서 말했다.

"You're strong man…… 아저씨…… 미안합니다. 아저씨……
실례합니다."

나는 전부 합쳐서 한국에 2년 정도 있었다. 첫 번째는 1996년이
었고, 두 번째는 1998년에 한 달만 머물렀다. 이곳 펌프리스 캠프
는 1996년에 처음 근무하기 시작했고 1997년 1월에 떠났다. 그리
고 1998년 10월에 다시 돌아왔는데 한 달간만 머물렀다. 그 후
2000년 2월에 다시 돌아왔고 이제 곧 다시 떠난다. 내 마음은 평화
롭다. 비행기를 타고 하늘로 날아올라 상공에서 한국의 땅을 바라
보고 곧 하늘나라처럼 구름 속에 휩싸이면, 나는 내가 모든 걸 다
해냈다고 느낄 것이다.

나는 아버지를 열네 번 찾아뵙고 껴안고 키스를 했고 서로 선물

을 주고받았다. 나는 이곳 한국에 와서 하고 싶었던 모든 일을 다 해냈다.

사람들은 내게 미국 시민권을 포기하고 한국 시민이 될 생각은 없는지 묻곤 하였다. 솔직히 이야기해서 나는 미국 시민권을 포기하고 싶지 않다. 내가 태어난 곳은 한국이지만, 내가 자란 곳은 미국이다. 나의 가족, 조카, 고모, 숙부, 할머니, 할아버지, 모든 추억이 미국에 있다. 내가 미국 시민권을 포기한다는 건 그들을 모른 체하는 것과 마찬가지다. 나는 그렇게 할 수 없다. 나는 미국의 가족을 사랑하기 때문이다. 온 마음과 영혼을 다해 사랑하고 가족을 위해 할 수 있는 일이 있다면 뭐든지 다할 것이다.

물론 한국도 내게는 소중하다. 이곳 펌프리스 캠프에 2년 조금 넘게 있었는데 좋은 기억이 많다.

그 중에서도 아버지에 대한 추억이 가장 소중하다. 이곳에 있는 동안 대통령, 법무부 장관께 편지도 썼고, 여름 동안에는 롤러블레이드도 탔다.

두 번째 근무 기간 동안에는 부대 안에서 많은 시간을 보내지는 않았다. 서울, 광주로 다니느라 바빴고 다른 곳도 많이 여행했다. 두 번째 복무가 더 즐거웠고 좋은 기억들도 더 많았다. 1996년도에는 부대 내에서 살았는데 이번에는 부대 밖에서 살아서 여행도 하고 즐거웠다. 결코 군대 생활이 나빴다고는 생각지 않는다.

물론 계속 군에 있어도 할 수 있는 일들이 많지만, 나는 이제 군을 떠나기로 결심했다. 조국을 위해서 일했던 것에 대해 자랑스럽게 생각하지만 이젠 내 인생을 찾을 때다. 이제 인생을 처음부터 다시 시작해야 하지만, 나는 괜찮다. 나는 준비가 되어 있고 새 인생을 고대하고 있다. 군에 대한 좋은 기억을 가지고 있고 조국을 위해 봉사한 것에 대해 자랑스럽게 생각한다. 하지만 이제 떠나야 할 때다. 왜냐하면 민간인 생활에 더 밝은 미래가 기다리고 있을 거라고 믿기 때문이다.

　　한국에서의 근무 기간은 아주 즐거웠다. 나는 항상 최선의 결과를 얻으려고 노력하는 사람이며, 군에서도 역시 최선을 다했다. 처음 군에 들어왔을 때는 20년 동안 군에 복무할 생각이었지만, 이제는 군 생활이 최선이 아니라는 생각이 든다.

　　그리고 처음의 계획을 수정하기로 했다. 민간인이 되어도 무슨 일이든 최선을 다할 것이다. 그것은 군에 있든 그렇지 않든 어디서나 마찬가지다.

　　나는 매우 축복받은 사람이고 행복하다. 6년 동안의 군 생활도 큰 축복이었다. 민간인 생활로 돌아갈 준비는 다 되어 있고, 말로 형언할 수 없을 정도로 흥분된다. 가족의 품으로 다시 돌아가 가족들과 같이 지내고 조카들을 볼 생각에 마음이 설렌다. 조카들은 내게 사랑스러운 존재들이다. 나는 다른 사람들에게 조카들이 내 아이들인 척하곤 했는데, 정말 그 아이들이 내 아이들이었으면 좋겠다는 생각을 하곤 한다. 그만큼 가족을 그리워하고 있다는 뜻일 것이다. 이제 내 그리운 미국 집에서 모두 함께 지내며 크리스마스를 축하하고 6년 만에 처음으로 내 생일도 가족과 함께 지내고 싶다. 나는 집으로 돌아갈 준비가 되어 있다.

만일 내가 떠난 직후에 아버지의 사형이 집행된다면, 나는 이 여정을 시작한 것을 후회하게 될까? 그렇다. 분명 내가 좋지 않은 시기에 떠났다는 걸 후회할 것이다. 하지만 그렇다 할지라도 나는 내 생을 살아야 한다. 그냥 이렇게 앉아서 언제까지나 슬픔에 빠져 고통 속에 지낼 수도 있지만, 아버지는 결코 내가 그렇게 하는 걸 좋아하지 않으실 것이다. 아버지는 내게 삶을 즐기라고 말씀하셨다.

"내 걱정은 하지 말고 삶을 즐겨라, 재미있게 보내라, 그리고 꼭 성공해라."

나는 아버지가 말씀하신 대로 할 것이다. 분명히 내가 좋지 않은 시기에 떠난다는 사실은 안타깝다. 사형은 당장 내일이나 다음 주에 일어날 수도 있는 일이기 때문이다. 내가 비행기를 타고 일본으로 가는 동안 누군가가 아버지의 사형 집행 서류에 서명을 할지도 모른다. 그런 일은 충분히 일어날 수 있다.

하지만 내 남은 평생 동안 아버지의 사형 집행 날만 기다리며 살지는 않을 것이다. 그게 삶의 진실이다. 나는 살아야 한다. 그냥 여기 앉아서 이런 식으로 지낼 수는 없는 것이다.

어쨌든 어느 날 갑자기 아버지가 처형되시면 나는 미국에 있다가도 다시 돌아올 것이다. 그때가 되면 아버지를 찾은 것은 추억이 될 것이다. 그러나 그것은 축복으로 가득한 좋은 추억이다. 하지만 만약 내가 아버지의 입장이 되어 지금 형무소에 있다면 "오, 언제가 그 날일까? 언제로 정해졌을까?"하면서 계속 처형되는 날이 언제일지 자꾸만 조바심이 날지도 모른다. 어떤 식으로든 자신의 죽음을 예상하는 건 즐거운 삶이 아니다.

차라리 나는 아버지의 죽음이 궁극적으로는 아버지의 근심을 덜어줄 거라고 생각한다. 그렇게 되고 나면 더 이상 걱정할 일이 없어지는 것이다. 이것은 결코 냉소적이거나 부정적이거나 재미있어하는 심보로 이야기하는 게 아니다. 그냥 단순히 아버지의 문제가 끝날 거라고 생각하는 것이다. 더 이상 걱정할 필요가 없다는 것은 자유를 뜻한다. 아버지의 자유가 내게는 가장 소중하다. 아버지는 돌아가심으로 당신의 짐을 내려놓게 될 것이다. 아버지는 처형될 때 천국에 가리라고 확신하고 계신다. 아버지는 내게 분명히 그렇게 말씀하셨다.

아버지는 천국에 가서서 나를 보살펴주실 것이다. 이 세상에서 나를 보살펴주시지 못한 그 몫까지 내 정신과 마음속에서 나와 함께하시고 나를 보살펴주실 것이다. 가장 어려운 순간에 생생한 목소리로 "나 여기 있다"라고 말씀하실 것이다.

　나는 지금 떠나지만, 아버지는 나를 떠나보내지 않으실 것이다. 나도 마찬가지다. 아버지는 언젠가 떠나실 테지만 나는 아버지를 떠나보내지 않을 것이다. 우리는 언제나 함께할 것이다.

나의 두 아버지

식물에 물을 주듯이 아버지를 사랑할 겁니다…….

애리조나에 계신 양아버님께 왜 나를 입양하셨느냐고 물은 적이 있다. 그 대답은 아주 간단했다.

"너도 알겠지만, 나는 그때나 지금이나 아이들을 무척 좋아한다. 나는 결혼하면서부터 계속 아이가 생기기를 원했단다. 그러나 네 어머니가 네 누나인 에이미를 낳고 나서 더 이상 아이를 낳을 수 없다는 것을 알았지. 우리는 할 수 있는 모든 방법을 동원해서 더 아이를 낳아보려고 노력했단다. 그러나 모두 수포로 돌아갔어. 하느님은 우리의 몸을 통해서 더 이상 아이를 주지 않기로 작정하신 것 같았지. 그러나 우리는 더 많은 축복을 받게 될 거라는 걸 느꼈다. 우리는 언제나 대가족을 원하고 있었고, 입양이라는 아주 좋은 방법이 있었지."

나는 또 물었다.

"그렇지만 왜 다른 미국 아이를 입양하지 않으셨나요? 러시아나 뉴질랜드의 아이가 아니라 왜 하필이면 한국 아이를 택하셨어요?"

양아버지는 찻잔의 남은 차를 마시고 다시 말을 이으셨다.

"그것은 하느님의 부름과도 같았어. 소명이었다. 한국 아이를 입양하라는 것 말이야. 우리가 한국 아이들의 사진을 보았을 때, 우리는 정말 사랑스러운 아이들이구나, 하고 생각했단다. 분명 그건 뭔가 특별한 느낌이었어. 우리는 즉시 한국의 입양 관계자들에게 연락을 했고 너희들을 데려올 수 있었단다."

나는 그래도 또 물었다. 내 어느 곳에 갈증처럼 물음들이 도사리고 있었는지 모른다.

"하지만 왜 하필 저인가요? 왜 하필 저와 누나와 형을 택하셨죠? 적어도 스무 명 이상의 아이들을 보셨을 텐데요."

양아버지는 웃으셨다. 내가 가장 좋아하는 그 눈가의 주름을 지으면서 너무나도 따뜻하게 말이다.

"네 얼굴과 눈에는 네 마음이 들어 있었다. 우리는 그냥 느낄 수가 있었단다. 부모는 자식을 그냥 아는 법이다. 금방 낳은 갓난아기라도 내 자식의 울음소리는 멀리서도 식별할 수 있어. 그게 부모다. 일종의 부모로서 느끼는 유대감이지."

나는 아직 그런 기분을 알지 못한다. 정말 부모에게는 아이에 대한 그런 감각이 있는 것 같다. 자식을 낳고 길러본 부모이기 때문에 알 수 있는 것들을 결혼도 안 한 나로서는 알 수가 없지만, 고개를 끄덕여보았다.

내 양부모님은 내 사진을 보셨을 때, 내 눈과 얼굴로부터 뭔가를 느끼고 "이 아이를 원한다."고 말씀하셨다고 한다. 아무런 이유도 끈도 없이, 정말 허공으로부터 날아온 천사의 전언을 들은 듯이, 이 아이를 택하라는 운명의 지시를 받은 듯이 그렇게 나를 원한 것이다.

내 양아버지는 아주 엄하고 꼼꼼하지만 사랑이 넘치고 신앙심이 깊은 분이다. 내 인생의 스승이라고 할 수 있다. 나한테 아이가 생기고 조언이 필요하게 되면, 나는 망설이지 않고 양아버지를 찾아갈 것이다. 양아버지는 내 최고의 친구다.

어렸을 때 내가 양아버지한테 "별일 없으세요, 나이 든 친구(old pal)?"하면, 아버지는 "넌 별일 없니, 젊은 친구(young pal)?"하고 대답하셨다. 우리는 항상 친구처럼 지냈다.

양아버지는 무척 겸손한 분이다. 처음 결혼할 때만 해도 무일푼이었는데 지금은 크게 성공하셨다. 아주 성공하셨다. 단순히 돈이나 부유함 같은 물질적인 것만이 아니라 양아버지는 원하는 모든 걸 다 갖고 계신다. 양아버지는 조언도 해주시고 당신이 어떤 자리에서부터 출발했는지 잊어버리지 않으신다. 올챙이 적 시절을 기억하는 개구리처럼 훌륭한 인품은 없다. 양아버지는 그걸 실천으로 보여주셨고, 삶 속에서 우리에게 과거와 역사를 기억하면서 살도록 가르치고자 노력하셨다. 뿐만 아니라 한 인격체로서 나와 내 형, 누나뿐만 아니라 모든 아이들을 존중하셨다.

항상 "거짓말하지 마라, 속이지 마라, 훔치지 마라, 정직하게 열심히 일해서 돈을 벌어라, 서로 사랑해라, 좋은 대접을 받고 싶으면 다른 사람들을 먼저 그렇게 대해라, 그러면 똑같이 받을 것이다."와 같은 단순한 행동규범의 황금률을 우리에게 가르치셨다. "행한

대로 돌아온다."라는 아주 유명한 말이 있다. 양아버지는 항상 나에게 그 말씀을 하셨다. 금언이란 매우 단순하면서도 지키기 어려운 것이다. 그걸 실천으로 보여주신 분이 나의 양아버지이시다.

양아버지는 아주 보수적이면서도 애정이 넘치는 분이다. 어머니와 결혼하신 지가 37년이 넘으셨다. 그 오랜 기간 동안에 아버지가 가족들에게 가장 큰 기여를 하신 부분은 한 마디, 아니 두 마디로 정리할 수 있을 것이다. 그것은 "신에 대한 사랑, 신적인 사랑"이다.

양아버지는 종교적인 분이고 우리 가족에게 사랑을 가져다주셨다. 양아버지에 대해 생각할 때마다 엄하시다든가, 내 엉덩이를 때리셨다든가 하는 게 아니라 가족에게 가져다주신 행복과 따뜻함이 생각난다. 양아버지는 그런 분이다.

그런 점들은 아무리 열심히 노력해도 친아버지가 채울 수 없는 틈이다. 친아버지는 그런 어린 시절의 흐뭇한 기억을 대신 채워줄 수가 없다. 어린 시절부터 청소년기, 성인이 된 지금에 이르기까지 말이다. 아무리 부정하려 해도 그것은 매우 간단한 사실이다. 그분은 나와 함께 계시지 않았다. 그분은 한국에 계셨고 나는 양아버지, 미국의 부모님이 키워주셨다.

하지만 그렇다 해도 친아버지와의 유대는 절대 끊어질 수가 없다. 한국에 계신 친아버지한테서 내가 떨어져 나올 수는 없다. 그분은 나에게 생명을 주신 분이며 내가 이 세상에 있도록 하신 분이다. 그 점 때문에 항상 그분을 사랑할 것이다. 세계 최대의 범죄자라고 해도 상관없다. 그래도 나는 여전히 그분을 사랑할 수밖에 없다.

영화에서 보면 부모님이나 자매, 가장 절친한 친구를 증오하는 사람들이 가끔씩 나오는데 그런 사람들도 결국에는 마음속으로는 여전히 자신의 엄마, 아빠를 사랑하고 있다. 그것을 부정하다보니 그렇게 비뚤어진 방향으로 나가게 되는 것이다. 중요한 것은 그 바탕의 사랑이다. 부모님을 사랑한다는 건 당연히 그럴 수밖에 없는 황금률이다. 나도 친아버지를 사랑한다. 그러나 그런 기본적인 사랑만 가지고는 부족하다. 나는 친아버지를 모르고 살았기에 가능한 한 더 많이 알아야 하고, 그렇게 하는 것만이 아버지에 대한 사랑을 키우는 것이기에 여기 한국에서 거의 1년 반 이상 시간을 연장하며 지냈다.

그것은 식물을 키우는 것과 마찬가지다. 그 식물은 사랑의 상징이다. 그 식물이 더 많이 자라기를 원한다. 그래서 나도 친아버지를 찾아뵐 수밖에 없다. 그렇게 하는 건 꽃이 자랄 수 있도록 내가 물을 주는 것을 상징한다.

친아버지와 나의 관계는 그렇게 물을 주고 길러야 하는 식물과 같다. 아버지는 나에게 내 어린 시절을 줄 수가 없다. 나는 벌써 스물여덟 살이며, 내 어린 시절과 청소년기는 애리조나의 부모님과 함께 보냈다. 그건 절대 깨뜨릴 수 없는 사실이다. 아주 흐뭇하고 멋진 추억, 그건 친아버지가 아니라 양부모님과 함께 만든 추억이다. 어린 시절, 청소년기 그리고 성인이 된 지금까지 생각만 해도 흐뭇한 그 기억들 때문에 나는 부모님을 사랑하는 법을 배웠다. 그 사랑으로 친아버지도 사랑할 수 있게 된 것이다.

사람들은 내가 아버지가 둘이어서 그 때문에 힘들 거라고 생각하지만, 내 대답은 '아니. 그렇지는 않다'이다. 하나보다는 둘이 낫다는 말도 있다. 나는 정말 그렇다고 생각하고 있다. 한 분이 아니라 두 분의 아버지가 계셔서 축복받았다고 생각한다. 여전히 더 절친한 아버지는 애리조나의 아버지이지만 말이다.

나는 베이츠와 성낙주, 두 분 모두의 아들이다. 내가 미국인이라는 게 무척 자랑스럽지만 동시에 한국인이라는 것도 자랑스럽다. 내 피는 한국인이지만 국적은 미국인이다. 9.11 테러가 발생한 이후 나는 내가 미국 국적을 가진 미국인이라는 걸 더없이 절실하게 깨달았다. 하지만 이중 국적을 취득해서 미국 시민권을 잃지 않으면서도 한국 시민도 될 수 있다면 당연히 한국 시민이 될 것이다. 나는 두 가지를 다 원한다. 왜냐하면 난 한국인이면서도 미국인이니까. 나는 22년간 미국에서 살았고 한국에서는 6년 정도 살았다. 태어나서 5년간은 한국에서 지냈지만 그 5년에 대해서는 별로 기억하는 게 없다. 이후 22년간은 미국에서 살았다. 내 기억은 전부 미국에 있다.

나는 친아버지께 이런 이야기들을 솔직하게 전했다.

"아버지, 이해하셔야 돼요. 절 보살펴 주신 건 바로 양아버지예요. 저에게 돈을 주시고 함께 야구를 하고 제가 야구, 농구, 레슬링, 축구하는 걸 보러 오신 분이에요. 저에게 책임감을 가르쳐주신 분이에요."

그리고 또 말씀드렸다.

"내게 인생과 돈 절약하는 방법을 가르쳐 주시고 저에게 규율을 가르치시고 지금의 제가 될 때까지 저를 보살펴주고 키워주신 분이에요."

조용히 듣고 계시던 친아버지는 고개를 끄덕이고 엷게 웃음을 지으시며 다 이해한다고 하셨다. 아버지는 자신이 그 부분을 채워 줄 수 없다는 걸 이미 알고 계신다. 스스로 내 옆에 계시지 못했으니까 말이다. 그리고 그렇게 할 수 없었다는 사실에 대해 내게 미안해하시고 안타까워하고 계신다. 그리고 내가 그토록 행복한 삶을 살게 되어 다행이라고 하셨다. 실제로 나는 아주 행복한 삶을 살고 있다.

반대로 애리조나의 아버지도 내가 친아버지를 사랑한다는 것을 이해하고 계신다. 내가 두 아버지 모두를 사랑한다는 것을……

이 세상의 모든 아들들에게

아버지, 내 존재의 뿌리를 기억합니다.
삶은 당신을 떠나보내나 나는 영원히 당신을 내 안에 둡니다.

모든 젊은이들, 나를 포함한 젊은 우리들은 삶을 당연하게 받아들인다. 그러나 두 아버지를 통해 아버지에 대해 많은 생각을 하게 된 나는, 그렇지 않은 다른 젊은이들에게 말하고 싶다. 아버지가 계시다는 걸 한껏 즐기라고…….

나는 젊은 사람들이, 아버지가 생존해 계시기는 하지만 대화를 하지 않는다, 아버지와는 대화가 통하지 않는다, 아버지를 증오한다는 등의 말을 듣는 게 싫다. 그럼 나는 감히 그런 사람에게 바보라고 이야기한다. 그런 식으로 아버지와 단절하고 아버지의 삶에 대해서 더 이상 알고 싶어하지 않는다면 정말 바보 같은 사람이라고 이야기한다. 왜냐하면 나처럼 아버지에 대해 알고 싶어도 알지 못한 채 살아온 사람도 있기 때문이다.

바보가 되고 싶으면 아버지를 모르는 채로 지내면 된다. 그 자체로 그냥 스스로 짐을 짊어지는 셈이다. 그건 아버지의 잘못이라기보다는 본인의 잘못이다.

사람들은 어리석게도 누구나 가족을 사랑해야 한다는 걸 알고 있으면서도 그게 얼마나 중요한 일인지 모르고 살아가곤 한다. 그러나 아마도 인생에서 가장 중요한 건 바로 가족일 것이다. 내가 아버지를 떠나보내는 건 육신을 떠나보내는 것이다. 그건 육체적인 측면이다. 하지만 정신적으로는 여기, 내 감정 속에서 남아 계신다. 나는 아버지를 절대로 떠나보내지 않을 것이다. 나는 죽음을 바라볼 때 슬픔이나 괴로움만으로 생각하지 않는다. 미국의 부모님이 돌아가신다고 해도 나는 행복한 생각만 할 것이다. 긍정적으로 생각할 필요가 있다. 부정적인 생각을 하는 사람들은 우울해지기 쉽다. 나는 우울한 사람들과 함께 어울리고 싶지 않다. 누군가가 우울한 사람이라면 나는 그 사람과 같이 다니지 않을 것이다.

사람들은 언젠가는 죽게 마련이다. 누구라도 그 점을 알고 있다. 제 시간이 다하면 당장 내일 죽거나 지금부터 10년, 20년 후에 죽을 수도 있다. 내 아버지는 조만간 돌아가실 것이다. 나는 그 점을 인식하고 있다. 그래서 비록 사형이라는 부정적인 형태의 죽음일지라도 가능하면 긍정적으로 바라보고 싶다.

아버지를 가장 먼저 안아드렸던 2000년 7월 27일, 처음 아버지가 만남의 장소로 들어오셨을 때 보았던 그 첫 모습이라든가 아버지가 나에게 사진이나 행운의 금열쇠를 주셨을 때라든가, 그런 좋은 추억만을 간직하고 싶다. 그런 식으로 바라보면 아버지에 대해 아주 좋은 인상만을 남길 수 있다. 그렇게 긍정적인 측면으로 바라보는 게 좋은 일이다.

나는 두 아버지를 보면서 부성애의 법칙(a law of fatherhood)을 깨닫는다. 나는 나중에 자식이 생기면, 자식을 잃지 않기 위해 최선을 다할 것이다. 결혼해서 아이가 생기면 반드시 내 아이들이 축복을 받을 수 있도록 최대한의 노력을 다할 것이다. 최선을 다해 아이들을 보살필 것이다.

그런 점에서 친아버지와 미국의 아버지 두 분이 모두 계신다는 건 좋은 일이다. 두 가지 다른 방식을 볼 수가 있으니까 말이다. 친아버지는 아들을 쉽게 잃어버릴 수 있다는 걸 가르쳐 주셨다. 미국의 아버지는 그만큼 또 쉽게 축복을 받을 수 있다는 걸 가르쳐 주셨다. 나는 운명의 부침(浮沈) 속에서 버려졌고 또 축복을 받았다.

그것은 1,000개의 도미노가 있는데 1개의 도미노가 무너지면 "푸~"하고 쌓아 놓은 나머지 도미노까지 전부 무너지는 것과 같다. 건물의 초석도 마찬가지다. 건물의 초석을 무너뜨리면 나머지 건물까지 전부 붕괴된다. 부모님은 그런 존재다. 부모님이란 핵심적인 초석, 토대를 상징한다. 부모님이 아이들에게 예의범절이나 규율, 책임감, 모든 것을 제대로 가르치지 않으면, 제대로 교육받지 못한 아이들이 자라나 사회가 엉망진창이 되어버리는 것이다. 현재 미국이 그런 쪽으로 흘러가고 있다. 나는 그 점을 우려하고 있다.

그러나 한국은 아직도 부모의 교육이 중요시되고 있다. 내가 한국을 좋아하는 점이 바로 그것이다. 나는 스물다섯 살짜리 한국 여성을 만난 적이 있는데 아직도 부모님과 함께 살고 있었다. 나는 소리내어 "오!"하면서 놀랐다. 미국은 다르다. 스물다섯 살이면 이미 독립하고도 남았을 나이다. 이른 나이의 독립이라는 것은 긍정적인 측면과 함께 부정적인 측면도 있는 것이다.

한국이나 미국이나 부모님의 역할은 아주 중요하다. 아이를 통해서 부모님의 모습이 나타난다. 미국에서는 항상 그런 건 아니지만 대부분의 경우 열두 살짜리 아이가 가게에서 "제기랄! 제기랄! 제기랄!"하고 욕설을 해대는 것을 볼 수 있다. 물론 그 아이의 그런 모습과는 달리 부모님은 무척 다정한 분들일 수도 있겠지만, 그런 경우는 극소수일 것이다. 대부분의 경우 그런 모습을 보이는 아이의 부모는 제대로 교육을 하고 있지 못하다고 여겨지게 마련이다. 반대로 "Yes, sir."하면서 적절한 예의범절을 갖추고 행동거지가 바른 아이를 보면 다정한 부모님이 계실 거라고 바로 추측할 수 있다.

훌륭한 부모라면 그렇게 아이를 잘 보살피고 규율을 가르쳐야한다. 내 양어머니는 내 엉덩이를 때리시면서 "내가 널 보살피는걸 원치 않는 거니?"하고 말씀하셨다. 내가 "아니에요, 그런 게 아니에요."라고 대답하면 어머니는 "훌륭한 부모라면 자식을 사랑하면서도 시간과 공을 들여 규율을 가르쳐야 하는 거야."라고 말씀하셨다.

나에게는 그러한 토대와 기반이 있었다. 내가 궁금했던 점들이 바로 그것이다. 내 친아버지를 통해서 내게 어떤 토대와 기반이 흘러들어와 있는지 그걸 알고 싶었던 것이다. 양부모님은 처음 나를 보셨을 때 내가 아이를 좋아한다는 걸 알고 계셨다고 한다. 내가 고아원에서 다른 아이들을 보살핀다는 이야기를 들으셨기 때문이다. 나는 다섯 살 정도였기 때문에 다른 아이들을 보살폈다. 나는 그런 역할이 어디에서 비롯된 것인지 알고 싶었다. 그래서 친아버지한테 "제 어머니는 어떤 분이셨어요? 아버지는 어떤 분이셨어요?"하고 여쭤보았다. 친아버지는 가능한 한 나를 많이 안아주셨다고 말씀하셨다. 어쩌면 그게 내가 아이를 사랑하는 토대가 되었을지도 모른다. 지금까지도 나는 아이를 무척 좋아한다. 나는 친아버지께 그걸 여쭤보고 싶었다. 친아버지가 규율 같은 걸 믿고 계셨는지 말이다. 그래서 친아버지가 어떤 분인지 알고 싶었다. 내 성격과 내 사람됨의 토대가 그분께 있기 때문이다. 미국 부모님에게 애정을 느끼게 한 나의 핵심적인 토대, 초석을 마련해주신 분이 친아버지니까 말이다.

하지만 그런 토대 위에 꽃을 피운 건 미국의 부모님이셨다. 나에게는 이미 친아버지로부터 받은 씨앗이 있었지만, 그 씨앗이 어떻게 자라는가 하는 것은 얼마나 물을 잘 주고 정성들여 키우느냐에 따라 달라진다. 미국의 부모님은 내가 지금의 꽃으로 피어날 수 있도록 키워주신 분들이다.

이 세상의 모든 아들들이 이런 일들에 대해 생각해보기를 바란다. 자신의 토대를, 자신의 기반의 뿌리가 어디로부터 오는지를……. 그 뿌리와 씨앗은 부모님이 아니면 다른 곳에서는 올 수 없는 것이다.

내가 이 다음에 아이를 낳으면 내 가족에 대한 존중감을 알려주고 싶다. 내 양부모님과 형제자매들은 서로를 존중해준다. 물론 서로 농담도 하고 웃기도 하지만, 양아버지께서는 내게 잘못한 사람들까지도 존중해주어야 한다고 가르치셨다. 성경에도 서로 사랑하고 원수까지도 사랑하라고 씌어 있다. 하물며 내 친아버지를 사랑하지 않을 이유가 없다. 비록 죄수이기는 하나 내 원수가 아닌 내 아버지인 것이다. 나는 내 친아버지에 대해 내 아이들에게 부끄럽게 여기기보다는, 오히려 내가 입양되었고 친부와 양부가 다 계시다는 것이 축복이라고 말해주고 싶다. 조부가 두 분이나 계시다는 것은 매우 특별한 일이고 축복이라고 말할 것이다. 내 태도를 통해 내 아이들은 자신들의 조부를 존중하게 될 것이다. 나는 아이들에게 사실대로 말해줄 것이다. 나는 내 생부가 죄수라는 것에 대해 조금의 부끄러움도 없다.

그 모든 일들이 가능할 수 있도록, 친아버지께서 처음부터 죄수라고 솔직히 말씀해주셔서 기쁘다. 만약 아버지께서 멋진 변화가나 아름다운 공원에서 만나기로 해놓고, 갑자기 경찰에 잡혀간다면 나는 영문을 몰라 화가 났을 것이다. 하지만 아버지는 내게 매우 솔직하셨다. 그러니 나도 내 아이들에게 솔직하게 대할 것이다.

아이들은 나이가 들면 스스로 옳고 그름과 아름다움, 추함 등에 대해 판단하겠지만, 그때까지는 진실되고 정직하게 존경하는 법의 기본을 가르칠 것이다. 내 두 아버지도 마찬가지셨다. 그 아버지에 그 아들이라는 말이 있듯이 나도 아이들에게 최선을 다해 솔직한 내 모습을 보여줄 것이다.

세상에는 나 외에도 많은 입양아들이 있다. 그들 중에는 나처럼 친부모를 찾아보려고 노력하는 사람도 있고 그렇지 않은 사람도 있을 것이다. 나의 형 아담은 나처럼 입양되어 자랐지만 지금까지도 자신의 부모를 찾지 않으려고 한다. 그의 행동이 옳다고는 생각하지 않지만 그가 그렇게 선택했다면 나는 그의 선택을 인정해야 할 것이다. 그가 형제인 나의 모든 여정을 보면서 자신이 더욱더 친부모를 찾지 않는 것이 낫겠다고 생각했다 하더라도 그건 그의 선택일 뿐이며, 반대로 그럼에도 불구하고 내가 친아버지를 찾은 것을 다행이라고 생각한다면, 일반 사람들에게는 이율배반적으로 보일지 모른다. 그러나 나는 그의 심정을 십분 이해한다. 입양아로서의 이중적인 고뇌를 이해하는 사람이라면 그의 마음을 이해할 거라고 나는 생각한다.

중요한 것은 입양아로서의 자신의 존재에 대해 긍정적인 관점을 갖는 것이다. 다행히 친부모를 찾아 행복감을 느낀다면 가장 좋은 일일 테지만 대부분의 경우 좋지 않은 경우이기에 입양되었을 확률이 크다. 설사 그렇다 할지라도 자신을 존중하는 마음을 잊어서는 안 된다. 친부모를 찾든 그렇지 않든 이 세상에 존재하게 해준 그 누군가에 대한 감사를 잊어서도 안 된다.

그것은 신의 은총이다.